Kuka olet, paras ystäväni

Anne Kotokorpi

Kuka olet, paras ystäväni

© 2017 Anne Kotokorpi

Kustantaja: Kypa, Porvoo, Suomi

Valmistaja: Books on Demand GmbH, Norderstedt, Saksa

ISBN: 978-952-5760-19-4

1

Talo näytti luonnossa paljon suuremmalta kuin kiinteistönvälittäjän esitteessä. Portaita peitti vastasatanut uusi lumi. Pakkasukko oli yön aikana käynyt maalaamassa kuistin ikkunoihin koristeellisia jääkukkia. Kaunis punamultainen mummonmökki odotti uutta asukasta asettumaan taloksi.

Sirpa seisoi talon portailla sananmukaisesti tumput suorina. Hän näytti pikkutytöltä karvatakissaan ja villapipossaan. Alkutalven pakkanen nipisteli nenää. Vaaleat kiharat olivat ehtineet huurtua hänen seisottuaan jo tovin ulkona. Taivaansiniset silmät tutkivat uteliaina ympäristöä.

Sirpa odotti muuttokuorman saapumista. Omassa autossaan hänellä oli vain pari matkalaukkua sekä seuraavan aamun ruokatarpeet. Hän kaivoi taskustaan avaimen - suuren vanhanaikaisen esineen - ja sovitteli sitä avaimenreikään. Vaivalloisesti painava avain kääntyi lukossa, ja ovi aukeni. Sirpa kopisteli kenkiään ja astui sisään.

Sirpan ystävät olivat pitäneet häntä suorastaan hulluna, kun hän oli kertonut suunnitelmistaan. Hän antaisi kaupungissa hyvällä paikalla sijaitsevan kerrostalokaksionsa vuokralle ja muuttaisi itse maalle susirajan taakse mummonmökkiin. Lähin naapuri asui parin kilometrin päässä ja kauppaan oli kymmenen kilometriä.

Olihan Sirpalla auto käytössään - pikkuinen Fiat. Hänellä oli tarkoitus käydä vähintään kerran viikossa viemässä postiin työt, joita hän etätyönä mökissä tekisi. Kirjallisuuden kääntäminen ei vaatinut työhuonetta kaupungissa. Päinvastoin: luonnon rauha saattaisi inspiroida huimiin suorituksiin. Kylällä oli myös kirjasto. Tämän verran Sirpa oli ottanut uudesta kotipaikastaan selvää, vaikka ei ollut itse talossa koskaan käynytkään.

Sirpa ei ehtinyt kuistia pitemmälle, kun muuttoauto jo ajoi pihaan. Kaksi riuskaa miestä astui ulos ja he alkoivat hetimiten kantaa tavaroita ja laatikoita taloon. Sirpa piti ovea auki, kun sisälle kannettiin joitain kodinkoneita ja pari lempituolia. Muutamissa laatikoissa oli vaatteet ja astiat. Tuoleja lukuunottamatta huonekaluja ei ollut, sillä talo oli kalustettu - niin Sirpalle oli kerrottu.
- Mihinkäs tämä laitetaan, kysyi vanhempi mies.
Hänellä oli televisio sylissään.
- Jätä tuohon lattialle. Ehdin järjestellä niitä sitten illemmalla. Kiitos vain.
Pian tavarat olivat talossa ja miehet kääntyivät lähteäkseen. He silmäilivät ympärilleen. Tuvassa oli ummehtunut haju. Liesi näytti olevan ainakin kolmekymmentä vuotta vanha ja jääkaappi kenties vielä vanhempi. Sähköt toimivat, Sirpa oli laittanut valon tupaan, koska alkoi jo tulla hämärä.
- Pärjäätkö?
Miehet katsoivat toisiaan. Sirpan hento olemus herätti kai heidän suojeluvaistonsa. Pieni nainen näytti eksyneen väärään ympäristöön.

- Tietenkin pärjään. Olen maalta kotoisin, Sirpa naurahti, ja yritti näyttää vakuuttavalta.

Jos miehet olisivat tienneet, että "maalta" tarkoitti Vantaata, he olisivat ehkä kohottaneet kulmiaan sen sijaan, että nyökyttelivät hyväksyvästi. Nyt he kuitenkin tyytyivät hyvästelemään, toivottivat onnea uuteen kotiin ja peruuttivat pihasta. Pian auton valot hävisivät ja jäljelle jäi hämärä piha - pian pelkkä pimeys.

Oikeasti Sirpa tunsi olonsa epävarmaksi, yksinäiseksi ja lohduttoman surulliseksi. Syy, miksi hän oli jättänyt kaupunkikotinsa oli se, että hänet oli petetty ja jätetty. Yli kolme vuotta kestänyt suhde oli loppunut. Sirpalle asia oli tullut täytenä yllätyksenä. Poikaystävä oli kolme viikkoa sitten koruttomasti kertonut rakastuneensa toiseen ja haluavansa erota. Suhde toiseen naiseen oli jatkunut Sirpan tietämättä jo puoli vuotta. Sirpa oli ollut lapsellinen, hän tajusi sen nyt. Mika oli halunnut Sirpan vain koristeeksi kotiinsa, lemmikiksi, piiaksi, selänpesijäksi - kaikkea muuta paitsi aviovaimoksi ja elämänkumppaniksi. Kun eteen oli tullut varteenotettavampi vaihtoehto, Sirpa oli saanut lähteä. Hänet oli heitetty pois kuin vanha rukkanen.

Entiseen yhteiseen kotiin jääminen olisi ollut liian tuskallista. Hänen oli ollut pakko päästä pois, uuteen ympäristöön. Kokonaan erilaiseen. Viikon sisällä järjestelyt oli tehty. Talo oli löytynyt sadan kilometrin päästä kaupungista. Sopiva matka, ei liian lähellä, ei liian kaukana. Vuokralainenkin Sirpan omaan asuntoon oli löytynyt lähipiiristä. Tyttöystävä oli suositellut serkkuaan, joka oli kiitollisena muuttanut Sirpan kaupunkiasuntoon.

- Miten tyhmä olenkaan!

Sirpa purskahti itkuun. Hänellä oli ikävä Mikaa.

Hiukan tyynnyttyään hän nousi ja alkoi katsella ympärilleen.

- Jos aion jäädä, on parasta käydä taloksi.

Huone oli hämärä. Kelmeä paljas sähkölamppu killui tuvan katosta. Huone oli suuri. Ikkunan vieressä oli laverisänky ja toisella seinällä vanha sohva. Ikkunoissa ei ollut verhoja ja se häiritsi Sirpaa. Lattia oli roskainen, mutta ei oikeastaan pölyinen. Suuri takantapainen näytti siltä, kuin sitä ei olisi lämmitetty vuosikymmeniin. Onneksi talossa oli sähköpatteri. Sirpa meni laittamaan sitä suuremmalle.

- Tänään ei kannata enää siivoilla. Aloitan aamulla, kun on valoisaa.

Sirpa otti esiin ruokakassin. Sieltä hän kaivoi esiin nakkipaketin ja siideripullon. Loput eväät hän vei jääkaappiin. Se oli yllättävän siisti ja, kun Sirpa laittoi johdon seinään alkoi jääkaappi hyrrätä kuin kissa.

- Toimii, iloitsi Sirpa ja lappoi hyllyille ruokatavaransa.

Nakit ja siideri kädessään hän meni tuvan keskellä pönöttävään keinutuoliin istumaan. Nakkipaketti meni hetkessä ja sisuksiin valuva siideri sai olon tuntumaan huomattavasti paremmalta. Patterista huokuva lämpö rentoutti, ja elämä alkoi maistua taas elämisen arvoiselta.

Sirpan tuumiessa, laittaisiko television piirongin päälle vai sängyn viereen, ovelta kuuluva koputus keskeytti hänen mietteensä. Hän hätkähti ja katsoi ikkunoihin. Niistä heijastui vain hänen oma kuvajaisensa - ulkona oli jo pimeää.

Sirpa nousi ja käveli rohkeasti ovelle. Tuskin täällä maalla pahempia rosvoja oli kuin kaupungin keskustassakaan - enemmän siellä naisia ryöstetään ja pahoinpidellään, kuin jossain korvessa.

Kuisti oli pimeä, ja hän melkein kompastui rappuseen. Sirpa laittoi eteiseen valot ja avasi ulko-oven. Ovella ei ollut ketään. Hän laskeutui lumiset raput alas pihamaalle ja katseli ympärilleen. Taaempana pihanperukoilla oli puuvaja, sauna ja puucee.

- Pitääkin säännöstellä siiderin juontia, ulkohuussissa juokseminen pakkasella ei kuulosta houkuttelevalta.

Kauempana oli vielä joku vaja. Sirpa päätti tarkistaa aamulla, mitä kaikki kojut mahtoivat pitää sisällään. Nyt hän menisi sisälle, petaisi pedin ja kävisi nukkumaan.

Kun hän kääntyi, hän oli saada sydänkohtauksen. Oven edessä seisoi valtavankokoinen musta koira. Sen korvat sojottivat pystyssä ja kieli roikkui suusta. Kuono oli lättänä ja silmät syvällä päässä. Se läähätti ja näytti erittäin verenhimoiselta. Sirpa ei ollut koskaan nähnyt mitään vastaavaa. Koira olisi voinut olla ponin ja bokserin risteytys, kenties mukana oli ripaus mustaa pantteria.

- Hyvä koira…, Sirpa sai sanottua, vaikka oli kuolla kauhusta. Koira vain tuijotti eikä tehnyt elettäkään mennäkseen pois oven edestä. Sirpa päätti kerätä rohkeutensa ja muuttaa taktiikkaansa.

- Hus, hus pois, menetkös siitä! Sirpa sohi koiraan päin, mutta elikko vain katseli.

Sirpaa häiritsi sen pistävä katse. Koiraa ei saisi tuijottaa silmiin, ne kokevat sen uhkaavaksi, muisti Sirpa lukeneensa jostain. Omaa koiraa hänellä ei ollut koskaan ollutkaan. Hän pelkäsi koiria. Sitä paitsi ne sotkivat ja olivat vaivalloisia. Mistähän tämäkin oli karannut? Lähin naapuri oli parin kilometrin päässä. Aika kaukaa oli elikko juossut. Vaikka noilla kintuilla se ei ollut matka eikä mikään.

Sirpa mietti. Pääsisikö hän livahtamaan koiran ohi? Tönäisisi voimalla eläimen sivuun ja ryntäisi oviaukosta tupaan. Ovi äkkiä lukkoon ja peto jäisi pihalle. Vaikka suunnitelma ei ollut aukoton, se oli ainoa mikä Sirpalle tuli tähän hätään mieleen.

Sirpa lähestyi varovasti ovea. Koira seurasi liikkeitä rauhallisena. Kun Sirpa oli melkein kosketusetäisyydellä, koira nousi, kääntyi ja paineli ovesta sisälle.

- Eeeeeei…, Sirpa huusi epätoivoisena.

Joutuisiko hän yöpymään ulkosalla ensimmäisenä yönään uudessa kodissaan, koska musta hirviö oli valloittanut hänen mökkinsä.

Varovasti Sirpa hiippaili kuistille koiran perässä. Karvaturria ei näkynyt. Se oli kaiketi mennyt tupaan saakka. Tuvan hämärässä Sirpa etsi koiraa katseellaan valmiina juoksemaan karkuun avonaisesta ovesta. Käteensä hän hapuili tuvan nurkkaan jääneen varsiluudan. Sillä voisi huitaista ensi hätään, jos peto hyökkäisi päälle.

Koira seisoi keinutuolin vieressä ja nuoli tyhjää nakkipakettia. Se nosti katseensa, kun Sirpa lähestyi ovelta varsiluuta kohotettuna.

- Rrauh!

Luuta kirposi Sirpan kädestä. Se kolahti lattialle, josta Sirpa otti sen äkkiä takaisin. Jos koira nyt hyökkäisi, hän huitaisisi niin että tuntuu. Hän taistelisi elämästään viimeiseen asti. Hän yritti näyttää niin suurelta ja vaaralliselta kuin pystyi. Se oli vaikeaa alle 160-senttiselle naiselle. Koira ei kuitenkaan näyttänyt varsinaisesti vihaiselta. Ennemminkin näytti melkein siltä, kuin se olisi nauranut Sirpalle.

- Kuules elikko, avaan kohta oven. Sovitaanko niin, että sinä lähdet siitä sitten pihalle.

Samalla Sirpa liikkui hitaasti kohti kuistia vilkuillen koko ajan taakseen. Hän ei halunnut, että hurtta upottaisi torahampaansa hänen niskaansa, kun hän kääntäisi selkänsä.

Eläin katsoi Sirpaa tappisilmillään ja lähti löntystelemään ovelle päin. Sirpa avasi ulko-oven ja jäi itse tällä kertaa turvallisesti sisäpuolelle. Toista kertaa häntä ei yllätettäisi. Koira painui ovesta pimeään yöhön eikä vilkaissut edes taakseen. Nopeasti Sirpa laittoi oven kiinni ja lukitsi sen henkensä hädässä. Seuraavaksi varmaan hirvi saapastelisi tupaan. Täytyi tosiaan pitää varansa.

Kännykkä soi sisällä. Sirpa juoksi vastaamaan. Siellä oli äiti.

- Miten sinä lapsikulta pärjäät siellä metsässä yksin, pelottaako?

Sirpan äiti oli niitä nykyaikaisia mummoja, jotka matkustelivat ja harrastivat niin paljon, ettei edes tyttärelle tahtonut löytyä aikaa. Tapaaminen oli sovittava etukäteen ja laitettava kalenteriin. Nytkin äiti kuulosti siltä, kuin olisi ollut tulossa tai menossa.

- Hyvinhän minä. Vasta tässä tavaroita puran. Aioin juuri mennä nukkumaan. Aloitan huomenna vasta kotiutumisen. Siivoilen ja sen semmoista.

- Me tulemme isän kanssa sitten kolmen viikon päästä käymään, kun olemme palanneet kylpylälomalta. Pärjäätkö nyt ihan varmasti? Soita vaikka Veikolle, jos tulee hätä. Hän on kotona ja auttaa varmasti.

Veikko oli äidin veli - vanhapoika, joka asusteli yksin omakotitaloa parinkymmenen kilometrin päässä. Veikko auttoikin aina, kyllä Sirpa sen tiesi. Veikkoon saattoi aina luottaa, jos apua tarvitsi.

- Soitan kyllä. Veikko lupasikin tulla käymään jo viikonloppuna. Hän laittelee sähköjuttuja ja naulaa tauluja, jos tarvitsee koneita...

- Niin, miestä aina tarvitaan, Sirpa kuuli kun äiti huokasi.

Äiti oli pitänyt Sirpan poikaystävästä Mikasta. "Siinä vasta kohtelias ja ryhdikäs nuorimies". Mika oli ollut oikea toivevävy: rikas ja komea. Hyvä työpaikka ja kunnianhimoa. Sirpakin oli ihastunut Mikan itsevarmuuteen ja sulavaan käytökseen. Mutta ilmeisesti koko seurusteluajan Mika oli tapaillut muita naisia.

Sirpa ei halunnut alkaa jaaritella enää erosta. Se teki tarpeeksi kipeää muutenkin.

- Hei hei äiti, terveisiä isälle. Hauskaa lomaa teille!

Sirpa sulki puhelimen.

Hetken Sirpa vain seisoi hämärässä puhelin kädessään. Miten hän kaipasikaan Mikaa. Miksi tämä oli jättänyt hänet? Tylysti, säälimättä, ilman minkäänlaista katumusta tai myötätuntoa. Selviäminen veisi aikaa. Kenties koko eliniän. Tällä hetkellä tuntui, ettei hän voisi kuvitellakaan koskaan sitoutuvansa toiseen mieheen. Ei koskaan.

Sirpasta tuntui, kuin koko maailman murheet olisivat levänneet hänen harteillaan. Häntä väsytti. Matkalaukusta löytyi puhtaat lakanat, jotka Sirpa petasi sohvaan. Hän sammutti kelmeän sähkölampun ja meni vuoteeseen. Kun silmä tottui hämärään, ei ulkona näyttänytkään enää niin pimeältä. Vasta satanut, puhdas valkoinen lumi valaisi maisemaa. Ikkunasta hän näki, miten ulkona tuikkivat tähdet ja kuukin oli kivunnut taivaalle. Kaupungissa ei koskaan nähnyt tähtiä. Ehkä tulen vielä onnelliseksi tässä talossa. Sirpa nukahti rauhalliseen uneen.

2

Aamulla Sirpa heräsi, kun hänellä oli kylmä. Peitto oli tipahtanut lattialle. Sähköpatteri oli kuuma, mutta huone oli silti kalsea.

- Täytyy lämmittää takka ja hella.

Sirpa nousi ylös ja katseli valossa ympärilleen. Tupa oli siististä kunnossa. Kukkatapetit eivät olleet trendikkäimmästä päästä, mutta siistit ja ehjät. Lautalattia oli kunnostettu ja erittäin tyylikäs. Hella ja takka olivat valossa oikein asiallisen näköisiä, varmasti lämpöä riitti, kun laittoi pökköä pesään. Sohvan takana oli vielä pieni kammari. Siellä Sirpa ei ollut illalla käynytkään. Hän meni peremmälle. Huoneessa oli viehättävät siniset tapetit ja puupaneeli sängyn kohdalla.

- Tästä saan oivan makuuhuoneen.

Huoneessa roikkui jopa verhot ikkunassa, sinisiä lemmikkejä. Täällä oli selvästi asunut joku romantikko.

- Tämän laitan ensimmäisenä kuntoon, ajatteli Sirpa tyytyväisenä.

Kello oli jo yhdeksän. Maalla olisi pitänyt herätä aikaisin, Sirpa suomi itseään. Nyt liikkeelle. Hän kurkisti ulkoikkunanpieleen kiinnitettyä lämpömittaria. Pakkasta viisi astetta. Ihana ilma. Ensimmäiseksi täytyi suunnistaa "naistenhuoneeseen". Hän puki pipon päähänsä ja saappaat jalkaansa. Toppatakki vielä ja kaikki oli valmista ulosmenoon. Sirpan kiertäessä suurta avainta lukossa hän äkkiä muisti. Koira! Mitä, jos se vaanii tuolla pihassa minua, kun käyn vessassa. Olisiko se osannut juosta kotiinsa? Olinko julma, kun heitin sen pihalle pakkaseen?

Kun luonto kutsui, oli pakko mennä - koiraa tai ei. Sirpan oli päästävä pissalle. Hän kurkotti ovesta, mutta piha näytti tyhjältä. Ei edes oravaa tai talitinttiä näkynyt. Hän laittoi oven kiinni perässään. Koira ei tänään yllättäisi häntä ryntäämällä väkisin ovesta.

Asiat toimitettuaan Sirpa palasi taloon. Jälleen hän lukitsi oven. Tupaan päästyään hän muisti, että vesi täytyi hakea kaivosta. Tai vesi tuli letkusta, mutta vain läheiseen saunarakennukseen, ei taloon saakka. Sirpa otti ämpärin ja lähti takaisin.

- Täytyyhän tässä ensin kahvit keittää ennen hommiin ryhtymistä.

Sirpa potki lunta pois saunan oven edestä. Yöllä oli näköjään hiukan satanut. Täytyi kai etsiä jostain lumilapiokin, jotta saisi jonkinlaiset polut luotua vessaan ja saunalle.

Sirpa löysi hanan ja väänsi siitä. Ämpäriin alkoi roiskua kirkasta, puhdasta lähdevettä. Samalla hän tarkasteli saunan kuntoa. Siistit lauteet näyttivät aika uusilta. Erillistä pesuhuonetta ei ollut, kuten ei yleensäkään tällaisissa vanhanajan perinteisissä maaseutusaunoissa. Kiukaan vieressä oli valtava vesipata.

- Laitanpa tuonnekin vedet ja tulen alle. Saan siivous- ja pesuvettä.

Tuumasta toimeen ja pian pesässä roihusi tuli, joka lämmitti vettä hyvää vauhtia. Sirpa päätti tulla kahvin jälkeen hakemaan pesuvettä siivousta varten. Hän otti mukaansa sylillisen halkoja, jotta saisi tuvankin lämpimäksi.

Aamukahvi porisi nopeasti kahvinkeittimellä, ja Sirpa pääsi nauttimaan aamiaistaan. Sanomalehti täytyi muistaa tilata. Tulisikohan lehti tänne aamulla vai vasta päiväpostin mukana?

- Täytyy ottaa selvää, Sirpa tuumi sämpylää syödessään.

Virkistyneenä ja hyväntuulisena Sirpa tarttui työhönsä. Hän haki saunalta ämpärillisen vettä, lorautti sinne reilusti sitruunantuoksuista pesuainetta ja marssi makuukammariin. Hän otti verhot irti, sängystä patjan ja peitot ja vei ne ulos tuulettumaan. Hän luuttusi lattian ja pyyhki pinnat. Pian huoneessa tuoksui puhtaan raikkaalta. Hän petasi pedin ja haki verhot pihalta. Huone näytti todella viehättävältä ja viihtyisältä kukkakuosineen.

Seuraavaksi hän siirtyi tuvan puolelle. Imurilla hän pyydysti roskat, ja ronskeilla mopin pyyhkäilyillä lattia sai puhtaan kiillon. Innostuksissaan hän pesi jopa ikkunat.

- Jossain laatikossa piti olla verhoja…

Sirpa kaiveli muuttolaatikoita, jotka lojuivat vielä sikin sokin sohvan päällä ja keittiössä. Hän valitsi paksut pellavaverhot, joiden läpi ei varmasti näkyisi. Veikko voisi viikonloppuna asentaa myös rullaverhoja näköesteeksi. Paksut verhot pitäisivät myös hiukan kylmää, mikä oli hyvä asia.

Muuttomiesten jättämä mattokasa oli ovella. Makuuhuoneeseen Sirpa valitsi siitä pehmeän villamaton. Siihen olisi ihana painaa varpaat aamuisin. Loput omistamansa matot Sirpa asetteli tupaan ja keittiöön. Lankkulattia tuntui viileältä jaloille, joten matot tulivat tarpeeseen.

Sirpa istahti tuolille katsomaan työnsä tuloksia. Hän oli huhkinut monta tuntia, nälkäkin alkoi tulla. Tupa näytti jo hurjan kodikkaalta. Takassa leimusi tuli ja suloinen lämpö levisi siitä koko huoneeseen. Keittiön hellan alle Sirpa oli laittanut valkean ruuanlaittoa varten. Perunat porisivat jo kattilassa.

- Käyn vielä pesulla ja ryhdyn syömään. Sitten asennan television ja tietokoneen. Eiköhän siinä ole täksi päiväksi hommaa, illan voin pitää vapaata. Ehkä lämmitän saunan...

Sirpa lähti saunalle. Hän otti pyyhkeen ja ämpärin mukaansa. Tullessaan voisi tuoda tiskivettä ja juomavettä. Hän sulki oven perässään. Talolta oli muodostunut saunalle jo polku. Kylmässä saunassa peseytyminen oli uusi kokemus kaupunkilaistytölle. Sirpa ei valittanut. Itsepä hän oli osansa valinnut. Käväthän toiset avannossakin. Hänellä sentään oli lämmintä vettä käytettävissään. Hän riisuutui ja kaatoi sitä kauhalla päälleen. Tämä kävi hyvin suihkusta. Ihanaa.

Kääntyessään hän oli näkevinään huurteisessa ikkunassa vilahtavan jotain. Sirpa hätkähti. Ei kai täällä metsän keskellä sentään ollut tirkistelijöitä? Kuka vaivautuisi tulemaan yksinäiselle mökille siinä toivossa, että näkisi vilauksen paljasta pintaa?

- Taisin nähdä harhoja, Sirpa tuumi itsekseen muistaen, ettei ollut laittanut ruoanmurustakaan suuhunsa aamiaisen jälkeen.

- Ehkä olen heikkona nälästä. Kyllä asiat taas näyttäytyvät järkevämmässä valossa, kunhan saan syötyä.

Sirpa pukeutui, otti ämpärit ja lähti talolle. Hän ei kuitenkaan malttanut olla katsomatta saunan ikkunan taakse. Mahtoiko hän sittenkin nähdä jotain?

Ikkunan takaa lumelta löytyi jalanjäljet - koiran jalanjäljet. Sirpaa värisytti. Oliko se peto taas lähistöllä? Pitäisikö hänen soittaa siitä karanneesta piskistä jonnekin? Ehkä kysyn naapurista ensin. Sitten soitan poliisille, jos koira ei häivy. Sehän saattoi olla ihmisille vaarallinen eläin. Ties kenen kimppuun se hyökkäisi - tai oli jo hyökännyt. Se oli niin suurikin.

Nyt koiraa ei näkynyt. Ehkä se katseli Sirpaa jossain puun takana tälläkin hetkellä. Sirpa kiristi askeliaan tuvalle päin. Ämpäreistä loiskui vettä maahan, mutta se oli nyt huolista pienimpiä. Ovi auki, ovi kiinni. Sirpa oli turvassa. Vielä hän kurkisti terassin ikkunasta, mutta pihalla ei ollut ketään.

Sisälle päästyään hän etsi naapurin numeron. Hän oli saanut sen kiinteistönvälittäjältä siltä varalta, että tarvitsisi ohjeita tai apua. Naapuri oli luvannut tulla paikalle tarvittaessa. Viereisellä tilalla asui maanviljelijäperhe, jossa oli isännän ja emännän lisäksi kolme lasta. Heillä oli ainakin lehmiä ja kanoja, sen verran Sirpa tiesi. Kenties heillä oli koirakin, iso sellainen?

Puhelin tuuttasi vain kerran, kun lapsen ääni vastasi.

- Niemisellä, Lasse puhelimessa.

- Hei Lasse, tässä puhuu Sirpa, uusi naapurinne. Onko isä tai äiti kotona?

- Äiti on navetassa ja isä kaupassa. Haenko äidin? Lasse kysyi avuliaasti.

- Oikeastaan sinäkin varmaan voisit auttaa minua tässä. Voisitko kertoa, onko teillä koira?

- On meillä, kaksikin. Otto ja Bella.

Sirpa hymähti. No, asia selvisikin aika pian. Otto-koira oli tainnut lähteä karkuteille ja eksyä naapurin pihalle. Juoksuaikana poikakoirat olivat levottomia. Ne saattoivat juosta kymmeniäkin kilometrejä nartun hajun perässä, Sirpa tiesi.

- Vai Otto ja Bella, kivat nimet. Kuule Lasse, Otto on tainnut olla hiukan karkuteillä, tiedätkös. Näin sen eilen tässä meidän pihalla ja tänä aamuna löysin koiran jäljet saunan ikkunan takana. Voisitkos sanoa isälle tai äidille, että pitäisivät Otosta hiukan parempaa huolta, ettei Otolle vain satu mitään. Jää kenties auton alle tai jotain. Jooko Lasse?

- Onko Otto ollut teillä? Lassen ääni oli hämmästynyt.

- Odotas hetki.

Sirpa kuuli, miten puhelin laskettiin pöydälle. Lassen askeleet loittonivat ja hän huhuili jossain toisessa huoneessa. Hetken kuluttua askeleet tulivat takaisin ja puhelimesta kuului Lassen ääni. Se oli toruva.

- Voi, voi tuhma Otto. Oletkos sinä karannut tätin pihalle…hyi, hyi…

Sirpa ei ymmärtänyt ensin kenelle Lasse puhui. Oivallus iski häneen kuin salama.

- Lasse. Minkälainen koira Otto on?

- Otto on tässä minun sylissäni. Olen sille hyvin, hyvin vihainen, kun se on karannut niin kauas. Yleensä se pysyy tässä pihassa, kun se on jo niin vanhakin. Ei se käy ulkona kuin pissalla.

- Onko Otto suuri ja musta? Sirpa kysyi, vaikka tiesi kysymyksen mahdottomuuden etukäteen.

Lasse nauroi iloista lapsen naurua toisessa päässä.

- No ei ole. Se on pieni ja valkoinen niin kuin Bellakin. Ne ovat terrierirotua.

Sirpa tunsi suurta pettymystä. Häntä piinaava koira ei ollut tullut naapurista.

- Kiitos Lasse sinulle. Tavataan tässä joskus. Voin tulla vaikka tervehtimään Bellaa ja Ottoa joku päivä. Sano terveisiä äidille ja isälle. Hei hei.

Lopetettuaan puhelun Sirpa harkitsi hetken poliisille soittamista. Miltä se mahtaisi kuulostaa? Hermoheikko kaupunkilaisnainen pelkäsi yksin mökissään ja vaati poliisin suojelua, kun ei uskaltanut mennä iltaisin vessaan.

- Ei. Odotan vielä. Ehkä koiraa ei enää näy. Jos se on jatkanut matkaansa muita ihmisiä kiusaamaan.

Koira oli näyttänyt hyväkuntoiselta. Ainakaan nälkää se ei ollut nähnyt. Turkki kiilsi ja silmät olivat kirkkaat. Näytti sillä olevan jonkinlaisia käytöstapojakin, vaikka oli yllätetty nakkipaperia nuoleskelemasta. Luulisi jonkun kaipaavan niinkin erikoista koiraa kuin se oli. Jos sittenkin ilmoittaisi havainnosta poliisille. Ehkä koiran omistajat olivat huolestuneina kyselleet sitä monesta paikasta.

- Mutta en nyt. Ensin syön. Minulla on sudennälkä.

Saatuaan vatsansa täyteen Sirpaa alkoi ramaista. Siivous oli ollut rankkaa työtä ruumiilliseen työhön tottumattomalle. Sirpa päätti oikaista sohvalle hetkeksi. Hän voisi vaikka soittaa ystävättärelleen Piialle viimeisimmät kuulumiset. Piian serkku oli muuttanut Sirpan kaupunkiasuntoon. Piia oli Sirpan ystävä kouluajoista saakka. Sirpa luotti Piiaan enemmän kuin keneenkään muuhun. Häneltä sai aina apua ja neuvoja.

Kun Mika oli jättänyt Sirpan, Piia oli lohduttanut ja tukenut. Tässä hullussa hankkeessakin Piia oli rohkaissut.

- Se viimeistään vie ajatuksesi muualle, kuin itsesääliin. Kun hakkaat puita ja tappelet susia vastaan siellä korvessa, et taatusti muista niljakasta ex-kihlattuasi, Piia oli sanonut rehvakkaaseen tyyliinsä.

Sirpaa nauratti. Ehkä Piia oli ollut oikeammassa kuin luulikaan susien suhteen. Yksi sudentapainen näytti olevan kiinnostunut liikaakin hänen elämästään.

Piia vastasi työpaikaltaan.

- Moi, onko kiire? Sirpa kysyi.

Piia oli työssä sanomalehden ilmoitusosastolla. Sirpa tiesi, että siellä puhelimet soivat koko ajan ja asiakkaat parveilevat tiskillä. Harvoin oli hiljaista hetkeä.

- Ei sitten minkäänlaista, Piia sanoi iloisena.

Hänellä oli aina aikaa Sirpalle.

- Minä tässä ilmoittelen, että olen asettunut.

- Vai niin. Miltäs siellä maankorvessa näyttää? Onko ikävä kotiin?

- Ei ole ehtinyt vielä ikävä tulla. On liikaa tekemistä. Veden kantamista ja puiden pilkkomista. Sellaista maalaiselämää...

- Kuulostaa karmealta. Ehkä tulen joku viikonloppu katsomaan, minkälaisessa idyllissä sinä asustelet. Mennään kirkonkylän kaljabaariin katsastamaan vapaana liikkuvat peräkamarin pojat. Ehkä haaviin osuu joku suurtilallinen ja minäkin muutan maalle.

Sirpaa nauratti. Piia maatalon emäntänä? Mikä ettei. Piia pystyisi mihin vaan, sitä Sirpa ei epäillyt.

- Tule ihmeessä. Otan siihen mennessä selvää kirkonkylän menomestoista.

Sirpa ei halunnut häiritä Piia työssään kauempaa. Hän hyvästeli ja lopetti puhelun. Piian kanssa puhellessa tuli aina hyvälle tuulelle. Onneksi hän omisti sellaisen ystävän. Elämä olisi ollut ankeaa ilman Piiaa - nyt, kun Mikaakaan ei enää ollut Sirpan elämässä.

3

Sirpa oli tainnut torkahtaa sohvalle. Hän heräsi outoon tunteeseen, että joku tarkkaili häntä. Hän vilkaisi seinällä olevaa kelloa. Hän oli nukkunut hädin tuskin viisitoista minuuttia. Oli vielä aivan valoisaa. Sirpa nousi ja meni ikkunaan.

Keskellä pihaa istui musta jättiläiskoira ja tuijotti suoraan häntä kohti. Sirpa tuijotti takaisin. Mitä tuo koira halusi hänestä? Miksei se painunut kotiinsa?

Sirpa soitti poliisin numeroon.

- Minne voin ilmoittaa löytöeläimistä? hän kysyi puhelimeen vastanneelta naiskomisariolta.

- Tähän voi ilmoittaa. Minkälaisesta eläimestä on kysymys?

- Koirasta. Suuresta, ei vaan valtavan suuresta, mustasta eläimestä. Se on ollut pihapiirissäni jo kaksi päivää. Onko kukaan kaipaillut sellaista?

Poliisi naputteli jotain koneella toisessa päässä. Hetken kuluttua hän vastasi:

- Kyllä vain. Eräs mies soitti ja kysyi, onko kukaan ilmoittanut löytäneensä sellaista. Minäpä annan hänen puhelinnumeronsa, niin voitte soittaa hänelle ja kysyä, onko kenties kyse samasta eläimestä.

- Selvä. Se sopii. Kiitos teille.

Puhelinnumero kädessään Sirpa seisoi ikkunassa. Koira ei ollut liikkunut minnekään. Odottiko se siellä sopivaa hetkeä, että pääsisi kiinni Sirpan pohkeeseen? Äkkiä eläin kuitenkin kääntyi ja lähti juoksemaan kovaa vauhtia metsään päin. Sirpa huokaisi.

- Soitan nyt heti sille koiranomistajalle, niin asia selviää ja pääsen eroon tuosta piinasta.

Puhelin tuuttasi monta kertaa, mutta kukaan ei vastannut. Pettyneenä Sirpa laski kännykän pöydälle.

- On siinä kanssa isäntä. Ei yhtään huolehdi koirastaan, mokoma.

Sirpa keitti kahvikupposen ja alkoi sen jälkeen järjestää itselleen työtilaa.

- Kai tässä on ryhdyttävä hommiin, että saan laskut maksettua, hän mutisi puoliääneen itsekseen.

Sirpa asetteli kirjat ja paperit hyllyyn siisteihin riveihin ja asensi tietokoneensa valmiiksi. Hänellä oli työn alla mielenkiintoinen käännös, saksalainen dekkari. Se oli jännittävä, mutta siinä oli myös hyviä yhteiskunnallisia huomioita. Sirpa tuskin malttoi odottaa pääsevänsä työn kimppuun. Hän oli onnekas saadessaan tehdä työtä, josta piti - tai oikeastaan rakasti. Hän olisi tehnyt tätä työtä vaikka ilmaiseksi. Onneksi siitä kaiken hyvän lisäksi vielä maksettiinkin.

Hämärä oli jo laskeutunut ulos, kun Sirpa sai kaiken valmiiksi. Hän katseli tyytyväisenä aikaansaannostaan. Tuvan nurkkaan oli syntynyt inspiroiva ja mukava työtila, joka oli ergonomisestikin toimiva. Hän oli asetellut kohdevalaisimia sinne tänne, ettei katosta roikkuva lamppu olisi ollut niin ankea näky. Sirpa oli kyllä saanut ripustettua lamppuun varjostimen, sievän kuvun, mutta valo ei mitenkään riittänyt työskentelyyn. Television vierestä oli löytynyt sopiva paikka Sirpan tädiltään saamalle antiikkiselle kauniille jalkalampulle.

Sirpa veti verhot kiinni. Hän vilkaisi ulos ja hätkähti. Koira oli taas siellä ja liikkui nyt ovea kohti. Sirpa tarttui nopeasti puhelimeen ja soitti koiran oletetun omistajan puhelimeen. Ei vastausta. Sirpa heitti kiukuissaan puhelimen sohvalle.
- On siinä kanssa… Eipä taida olla kovin kaivattu lemmikki. Vaikka kukapa tuollaista tahtoisi, jos on kerran eroon päässyt, ajatteli Sirpa ilkeästi.

Sirpa meni ulko-ovelle kuulostelemaan. Koira kuunteli ilmiselvästi oven toisella puolella. Mitäpä jos lasken sen tänne sisälle? Tulkoon lämmittelemään, kun ei isäntä kerran sen vertaa viitsi vaivautua. Hän avasi oven raolleen. Koiran pää ilmestyi oven rakoon. Se ei rynnistänyt väkisin sisään eikä ollut vihaisen oloinen. Päinvastoin, se näytti säälittävältä märässä turkissaan. Sirpa avasi oven.

- Tule sitten sisään, kurja olento, kun ei sinun isäntäsi sinusta välitä pennin vertaa, Sirpa tokaisi, ja koira asteli hänen ohitseen.

Hän laittoi koiralle vettä kuppiin ja lautaselle viisi nakkia, jotka koira hotkaisi hetkessä.

- Älä luulekaan, että minä alan sinua ruokkia. Siihen minulla ei ole varaa. Tuollainen olio syö varmaan sata kiloa ruokaa päivässä, Sirpa puheli koiralle samalla, kun laittoi loputkin nakit sen lautaselle.

Vielä kerran Sirpa yritti soittaa poliisilta saamaansa numeroon, mutta kukaan ei vastannut. Puhelimeen ei voinut jättää edes viestiä. Näkisikö mies tai nainen, mikä lie, että joku oli yrittänyt soittaa monta kertaa.

Koira oli asettunut takan eteen makaamaan. Sen turkki oli kuivunut ja kiilteli tulen loimussa. Noin isoa koiraa Sirpa ei ollut nähnyt koskaan. Irlannin susikoirako oli maailman suurin rotu? Mahtoiko sekään olla noin suuri? Toisaalta koira oli siro ja jäntevä, ei mitenkään epäsuhtainen. Kaunis koira, nyt kun sitä katseli tarkemmin.

- Miten sinun isäntäsi on sinut noin hyljännyt, luontokappale raukka, Sirpa jutteli koiralle samalla, kun teki lähtöä ulos saunan lämmitykseen - täytyihän sekin testata, saiko kunnon löylyt vai ei.

Kun Sirpa veti saappaita jalkaansa, koira nousi ylös ja katseli häntä valppaana. Se lähti ulos samalla ovenavauksella ja seurasi Sirpaa saunalle. Se jäi ulos odottamaan, kun Sirpa laittoi pesään tulen. Kun Sirpa meni takaisin sisälle, se seurasi taas.

- Oletpas sinä kova seuraamaan, vartioitko sinä minua? Sirpa naurahti, mutta oli toisaalta mielissään seurasta.

Kun hänen piti lähteä saunaan, oli koira taas pystyssä. Sirpa laski sen ulos ja koira jäi saunan ovenpieleen odottamaan.

- Sinä taisit jo aamulla täällä vakoilla minua, vai mitä? Pidä nyt uteliaisuutesi kurissa äläkä kurkistele ikkunasta. Se ei ole kovin hyvää käytöstä. Olethan sentään poikakoira, eikö niin?

Saunottuaan Sirpa ja koira menivät taas yhdessä taloon. Sirpa yritti vielä kerran soittaa koiran omistajalle, mutta turhaan.

- Samapa tuo, vaikka jäisit tänne. Minä menen nyt nukkumaan. Huomenna aloitan työt ja aion olla pirteä. Hyvää yötä sinullekin, Sirpa sanoi takan eteen maata asettuvalle koiralle.

Sängyssä Sirpa mietti, pitäisikö hänen vielä soittaa poliisille. Oliko hän nyt syyllistynyt rikokseen, kun oli ottanut koiran taloon - kenties peräti varkauteen? Toisaalta, poliisi tiesi, että hän oli soittanut ja tehnyt ilmoituksen. Minkä hän mahtoi, jos koiran omistaja ei vastannut puhelimeen. Enempää ei asian hyväksi voinut tehdä.

Pitäisikö koiralle antaa joku nimi, jos se on luonani enemmänkin. Asiaa täytyy miettiä, jos se vielä huomenna jää tänne. Sirpa nukahti näihin ajatuksiin.

Aamulla herättyään Sirpa ajatteli ensimmäisenä koiraa. Hän nousi ylös ja meni kiireesti tupaan. Koira oli keittiössä ja litki vettä. Se vilkaisi Sirpaa ja heilautti häntäänsä.

- Oi, sinä olet jo herännyt. Pitääkö mennä ulos? Odotas, minä tulen mukaan.

Sirpa oli tyytyväinen, kun hänellä oli seuraa ulos mennessään. Sirpa kävi aamupesulla ja haki keittiöön vettä. Hän puheli samalla koiralle kaikenlaista. Hän kertoi ystävästään Piiasta, joka tulisi pian vierailulle katsomaan kylän poikamiestarjontaa. Hän mainitsi vanhemmistaan, jotka lomailivat Viron kylpylässä mieluummin kuin tulivat auttamaan tytärtään muutossa. Kahvia keittäessään Sirpa mainitsi koiralle ohimennen myös Mikasta, jonka jättämää aukkoa sydämessä oli vaikea täyttää.

- Ehkä sinä teet sen vielä, koira kulta, sanoi Sirpa ja kosketti koiraa ensimmäisen kerran.

Turkki oli pehmeä. Koira katsoi Sirpaa tummilla silmillään. Se lohdutti Sirpaa yllättävän paljon.

Sirpa kävi käsikirjoituksen kimppuun innolla. Hän oli hyvällä tuulella. Koira antoi puhtia. Hän oli iloinen, että hänellä oli seuraa. Välillä Sirpa kommentoi kirjaa ääneen, kysyi koiralta, kumpi on parempi "lyödä" vai "paiskata" ja koira oli samaa mieltä, että "paiskata" on ehdottomasti parempi. Lounasaikaan mennessä oli syntynyt jo paljon materiaalia. Sirpa nousi tuolistaan, venytteli ja meni ovelle.

- Haluatko mennä jaloittelemaan? Alan tehdä ruokaa, kutsun sinut sitten syömään.

Koira nousi heti ja meni ulos.

- Koirahan toimii kuin ihmisen ajatus, mietti Sirpa. - Melkein kuin se ymmärtäisi puhetta. Harvinainen "uros", ajatteli Sirpa huvittuneena.

Ruoka oli valmista ja Sirpa meni ovelle.

- Syömään! huhuili Sirpa, mutta koiraa ei näkynyt.

Sirpa käveli saunalle, mutta sielläkään ei ollut ketään. Koirasta ei näkynyt mustaa hännän nypykkääkään. Sirpa palasi sisälle. Turha kieltää, hän oli pettynyt. Jostain syystä hän oli kai kuvitellut saavansa koirasta seuraa pitemmäksikin aikaa, mutta eläin olikin jättänyt hänet näin pian. Sirpa pyöritteli ruokaa lautasellaan, mutta hänen ruokahalunsa oli mennyt. Kaikki tuntuivat jättävän hänet.

Puhelin soi. Sirpaa tympi mennä vastaamaan näin huonolla tuulella. Jos siellä olisi Piia, hänelle voisi onneksi sanoa suoraan, että nyt ei jaksanut. Jos siellä oli äiti, hänelle voisi valehdella jotain työkiireistä. Jos luurin toisesta päästä taas löytyisi Veikko, hänelle voisi kertoa totuuden eli että Sirpa oli surullinen koiran takia.

- Sirpa puhelimessa.
Hetken hiljaisuuden jälkeen miesääni sanoi:
- Olet ilmeisesti tavannut koiran?
Sirpa ei heti ymmärtänyt mistä oli kyse. Tavannut koiran? Mustan koiranko, sitäkö mies tarkoitti?
- Niin, kyllä. Tässä pihassa on liikuskellut musta suuri koira...
- Aivan.

Sirpa oli ulalla. Oliko tämä mies koiran omistaja, jolle Sirpa oli yrittänyt soittaa sormet ruvella? Oliko koira palannut kotiin, siitäkö oli kysymys?
- Onko koira tullut kotiin? Sirpa kysyi.

Taas toisessa päässä oli hiljaista. Mahtoi olla vaikeaa vastata yksinkertaiseen kysymykseen, ajatteli Sirpa harmissaan. Tuollaisille ei pitäisi ylipäänsä antaa koiraa hoitoon.

- Jos koira tulee, olkaa sille ystävällinen, miesääni sanoi hiljaa ja lopetti puhelun.

- Hei... haloo!

Tuut, tuut.

Sirpa ärsyyntyi. Hän soitti takaisin numeroon, mutta mies ei enää vastannut. Olipa julkeaa! Mies taisi yrittää päästä eroon valtavasta koirastaan. Mahtoiko tämä olla joku työtön maajussi, jolla ei ollut varaa pitää eläintä. Helpointa oli työntää koiraparka jonkun naapurin niskoille. Sirpa näki sielunsa silmillä, miten repaleiseen flanellipaitaan pukeutunut harvahampainen ukkorähjä ajoi koiransa kylmään yöhön. Sitten äijä ottaisi huikan suruunsa ja haukkaisi palan lenkkimakkaraa särpimeksi.

- Jos koira ilmestyy, se saa tulla luokseni. On minulla sen verran ihmisyyttä, etten luontokappaletta jätä heitteille. Eiköhän ruokaakin riitä meille molemmille, Sirpa ajatteli mielessään.

Syötyään Sirpa meni jatkamaan töitään. Huomenna hänen täytyisi lähteä käymään kylällä. Kaupasta piti hakea ruokaa ja postiin viedä kirjeet. Samalla voisi käydä kirjastossa. Voisihan sitä silmäillä myös kylän tarjontaa, esimerkiksi viihdetarjontaa... Kuka tiesi, kenet siellä voisi tavata.

Koira ei varmaan tulisi tänään. Ehkä se pysyisi isäntänsä luona tämän yön. Koiran isäntä oli ollut vähintäänkin outo. ”Ole ystävällinen koiralle?" Sirpa muisteli miehen sanoneen. Eräs ajatus pälkähti Sirpan päähän. Hän otti puhelimensa, kaivoi esiin miehen puhelinnumeron ja soitti numerotiedusteluun.

- Selvitetäänpä pari juttua, Sirpa mutisi tyytyväisenä omasta nokkeluudestaan.

Numerotiedustelun tyttö vastasi ja etsi Sirpan hänelle antamaa numeroa. Se ei ollut salainen. Numeron omistaja oli Leevi Kokko, osoite Porotie 1400, Kaamanen.

Kaamanen? Sirpa oli kirjoittanut osoitteen ylös. Kaamanen? Ainakin yksi Kaamanenhan on jossain pohjoisessa. Kaukana pohjoisessa, varmaan tuhat kilometriä täältä. Oliko Suomessa monta Kaamasta? Ehkä jonkun lähellä olevan kylän nimi oli Kaamanen. Sirpa päätti kysellä naapureilta ja ottaa selvää asiasta, kun kävisi huomenna kirjastossa. Tietenkin mies saattoi asua pohjoisessa ja olla käymässä täälläpäin, vaikka sukuloimassa.

Sirpa otti hyllystä Suomen kartan ja silmäili sitä. Helposti hän löysi pohjoisessa sijaitsevan Kaamasen, mutta yhtään toista samannimistä paikkaa ei osunut silmään. Hän nosti katseensa kirjasta ja huomasi koiran seisovan pihassa. Ilahtuneena hän meni avaamaan sille oven.

- Tule sisään koira-kulta.

Sirpa laittoi koiralle ruuan lautaselle ja puheli sille samalla.

- Tiedätkös, sinun isäntäsi soitti minulle. Hän käski minun olla ystävällinen. Mitähän kaikkea sinä eläinparka oletkaan joutunut kokemaan sellaisen hirviön hoivissa, joka jättää eläimensä heitteille.

Koira söi ruokaansa.

- Kuule koira. Mitäs jos minä alan kutsua sinua Leeviksi isäntäsi mukaan? Et kai loukkaannu siitä?

Koira nosti katseensa.

- Leevi? Sirpa katsoi koiraa.

Koira haukahti kerran ja jatkoi syömistään.

- Ilmeisesti tuo oli hyväksymisen merkki? Sirpa naurahti.

- Ole sitten Leevi. Ei kai nimi koiraa pahenna. Isännästäsi en osaa sanoa varmasti sitäkään.

Sirpa laittoi koiralle puhdasta vettä astiaan ja meni jatkamaan töitään. Aina välillä hän vilkaisi lattialla loikoilevaa koiraa lämpimästi.

4

Seuraavana aamuna Sirpa teki lähtöä kylälle. Hän puhdisti autoaan lumesta ja kokeili, lähtisikö se käyntiin. Lähtihän se, pakkasta ei ollut kuin muutama aste.

Hän haki sisältä kirjeet ja kukkaronsa, katsoi lattialla istuvaa koiraa, joka seurasi tarkkaan jokaista hänen liikettään. Sirpa sai ajatuksen.

- Haluaisitko tulla mukaani kylälle? Voisit vahtia tavaroitani, kun käyn kirjastossa ja kaupassa?

Saman tien koira lähti astelemaan kohti autoa.

- Helppoa tämä koiran koulutus, tuumi Sirpa avatessaan koiralle takaovea.

Koira katsoi Sirpaa eikä liikkunut vaan meni tuijottamaan etuovea.

- Ai, haluat sinä istua edessä? No, sopiihan sekin, Sirpa sanoi ja avasi etuoven.

Kevyesti koira hyppäsi istuimelle. Se oli niin suuri, että se täytti Sirpan pienen auton etuosan kokonaan.

- Ehkä minä näen jotain täältä…, Sirpa sanoi ja peruutti auton pihasta.

Parkkeerattuaan autonsa kadunvarteen Sirpa kävi ensin postissa. Ystävällinen virkailija kertoi kylän tapahtumista ja toivotti hänet tervetulleeksi kylään. Nainen oli iloinen, että nuorempaakin väkeä saatiin paikkakunnan eläköityvään asujaimistoon. Huvit olivat hiljaisessa kylässä aika vähissä.

Postimerkit ostettuaan Sirpa kysyi naiselta, oliko tämä nähnyt ennen mustaa koiraa, joka odotti Sirpaa postin ulko-ovella?

- Hui, onpa se suuri, virkailija huudahti kurkattuaan sitä ikkunasta. - En ole. Ei kenelläkään täkäläisellä ole tuollaista koiraa, olisin varmasti tunnistanut sen. Mikä se oikein on?

Sirpa tunnusti, ettei tiennyt itsekään. Hän kertoi isännän ilmeisesti haluavan koirasta eroon, kun ei hakenut tätä pois. Molemmat kauhistelivat miehen välinpitämättömyyttä.

Seuraavaksi Sirpa suunnisti kirjastoon. Kirjasto oli pieni, mutta hyvin varustettu. Sirpa jätti koiran taas ovelle ja kävi lukemassa muutamia lehtiä. Pialta tuli viesti jossa tämä kertoi tulevansa heti ensi perjantaina hänen luokseen viikonloppua viettämään. Sirpa tuskin malttoi odottaa ensi viikkoon. Sirpa lainasi vielä pari kirjaa ja muutaman levyn.

Leevi odotti samassa paikassa, mihin hän oli sen jättänyt. Kun Sirpa tuli ulos, se nousi ja lähti kävelemään autolle.

- Käydään vielä kaupassa. Haluatko jotain erikoista, kysyi Sirpa koiralta ja katsoi tätä. Ostetaanko vaikka kyljykset?

Leeville se näytti kelpaavan. Sirpa pyysi koiraa odottamaan häntä auton vieressä. Hän hakisi vielä ruokatavarat ja he voisivat lähteä takaisin.

Kun hän tuli kassit molemmissa käsissään ulos kaupasta, hän huomasi autonsa ympärille kerääntyneen pienen ihmisjoukon. Mitä ne parveilivat hänen autonsa kimpussa? Sirpa lähti rivakasti juoksemaan kohti autoaan. Eivät kai ne kiusanneet Leeviä, Sirpa huolestui ja kiristi askeliaan.

Tullessaan lähemmäksi hän huomasi, että piirin keskellä istui Leevi. Koiran edessä seisoi vanha, kumarainen nainen. Mummo oli melkein saman korkuinen kuin koira. Niiden kasvot olivat samalla tasolla. Nainen näytti puhuvan koiralle. Sirpa rynnisti ihmisten läpi piirin keskelle. Leevi nousi ja tuli Sirpan viereen.

- Mitä ihmettä täällä tapahtuu? Sirpa huusi ympäröivälle ihmisjoukolle.

Olivatko kaikki kylän asukkaat kokoontuneet hänen autonsa ympärille. Mikä näitä ihmisiä kiinnosti hänen koirassaan?

Kukaan ei sanonut mitään. Kaikki katsoivat Sirpaa, koiraa ja vanhaa naista. Nainen kääntyi ja katsoi Sirpaan. Sirpa hätkähti. Mummelilla oli pikimustat silmät. Ne porautuivat häneen ikään kuin olisivat nähneet hänen sielunsa syvyyksiin siinä sekunnissa. Silmät kiilsivät kuin hiilet ryppyisistä kasvoista. Nainen vaikutti silti ystävälliseltä, ei pelottavalta.

- Sinulla on hieno koira, vanha nainen sanoi Sirpalle ja katsoi
Leeviä.

- Niin on, kiitos vaan, Sirpa sanoi epäkohteliaammin, kuin oli
tarkoittanutkaan.

Hän avasi etuoven Leeville ja se loikkasi istuimelle kevyesti
kuin huippuluokan korkeushyppääjä.

Ihmisjoukko hajaantui ja Sirpa pääsi autollaan liikkeelle. Hä-
nen oli kuitenkin pakko pysähtyä tien varteen. Hän oli järkyt-
tynyt ja kädet tärisivät. Koirasta oli selvästi tullut hänelle jo
näin lyhyessä ajassa hyvin tärkeä. Leevi katsoi osanottavasti ja
Sirpa kietoi kätensä tämän kaulaan. Hän peitti kasvonsa Lee-
vin lämpimään turkkiin ja tunsi turvallisuuden tunteen leviä-
vän kehoonsa.

- Olet ihana, sanoi Sirpa vielä Leeville ja naurahti.

Ennen kuin hän lähti ajelemaan kotiin, hän päätti poiketa
vielä postin ystävällisen virkailijan puheilla. Tapahtuma kau-
pan parkkipaikalla oli jäänyt häiritsemään häntä. Ehkä nainen
osaisi kertoa jotain selventävää asiasta.

Nainen tervehti häntä iloisesti, kun meni sisään.

- Jäikö jotain?

- Ei varsinaisesti. Haluaisin kysyä sinulta yhtä asiaa.

- Kysy ihmeessä, liittyykö asia postin palveluihin?

- Ei vaan kylän asioihin. Oletko asunut täällä kauan?

- Kyllä vain. Koko ikäni, nainen nauroi. - Elän silti toivossa,
että pääsen vielä joskus suurempiin ympyröihin. Miten niin?

- Parkkipaikalla sattui äsken jotain kummallista. Kävin kau-
passa ja jätin Leevin, siis koirani, auton viereen odottamaan.

Kun palasin, oli ympärille kerääntynyt joukko ihmisiä. Piirin keskellä mutisi joku vanha nainen Leeville jotain. En kuullut mitä. Taisin hermostua siinä aika tavalla…Tiedätkö, kuka nainen oli? Hänellä oli mustat silmät, lyhyt, kumarainen…

- Tiedän kyllä. Postin nainen näytti vaivaantuneelta.

- Voisitko kertoa? Sirpa kysyi.

- Älä välitä siitä naisesta. Se on tämän paikan kylähullu.

- Ei hän kyllä varsinaisesti hullulta vaikuttanut, Sirpa hämmästyi. - Pikemminkin terävältä kuin partaveitsi.

- Nainen asuu kylän laidalla. Jotkut sanovat, että hän on noita. Ei tietenkään ole. Mummo keittelee hilloja ja mehuja mökissään. Joidenkin mielikuvitus se lentää…, postineiti nauroi, mutta se kuulosti väkinäiseltä ja hermostuneelta. - Kuule, unohda sinä koko juttu. Hurahtanut mamma vain kävi katsomassa upeaa koiraasi, siinä kaikki.

Ehkä asia on niin, Sirpa sanoi, hyvästeli ja lähti ulos.

Asia vaivasi häntä kuitenkin. Postin nuori nainen oli vaihtanut puheenaihetta ja halunnut Sirpan unohtavan välikohtauksen. Koiran ja mummon kohtaamisessa oli ollut jotain merkillistä, epätavallista. Miksi ihmiset muuten olisivat tuijottaneet tapahtumaa niin lumoutuneina. Ehkä etsin mummon vielä käsiini ja kysyn häneltä asiasta.

Illalla Sirpa sai mieluisan vieraan. Veikko-eno tuli käymään. Hän rasvasi lukkoja ja naulasi tauluja seinään. Yhdessä he kantoivat raskaan piirongin toiseen huoneeseen. Saunalla Veikko korjasi irti olleet laudat ja tarkisti pesän paloturvalli-

suuden. Hän vaihtoi lamput pihavaloihin ja teki vielä lumi-
työtkin.

Kun he istuivat syömässä illan päätteeksi Veikko otti puheeksi
koiran.

- Koira on tosiaan ottanut sinut emännäkseen. Sehän tottelee
lähes jokaista ajatustasikin?

- Niin. Uskomatonta, miten olen kiintynyt siihen muutamas-
sa päivässä. En ole koskaan törmännyt yhtä hienoon eläi-
meen. Tosin ei minulla ole ennen ollutkaan lemmikkiä, enpä
siis tiedä, mitä lemmikit yleensä tekevät. Alkuun pelkäsin sitä
hieman, kun se on niin suuri.

- Aivan. Tuosta on vaikea sanoa, mitä rotuja siinä on. Mutta
ainakin se on koulutettu, niin hyvin se osaa käyttäytyä.

- Minun ei tarvitse kuin pyytää ja Leevi osaa tehdä kaiken,
Sirpa iloitsi.

Veikko rypisti kulmiaan.

- Sehän se hiukan kummallista onkin…

- Älä nyt synkistele, Veikko. Miten ihanaa on, että täällä syr-
jässä asuvalla yksinäisellä naisella on tuollainen koira turva-
naan, eikö niin?

Veikko katseli Leeviä tarkkaan. Koira näytti kuuntelevan joka
sanaa. Se oli todella erikoinen koira.

- Mitä tiedät sen isännästä? Eikö hän tosiaankaan halunnut
tulla hakemaan koiraansa pois?

- Mies sanoi vain: ole ystävällinen koiralle. Ja minähän olen,
Sirpa vastasi.

Äkkiä Sirpan mieleen tuli outo puhelinnumero.

- Kummallista kyllä, isännän puhelinnumerosta päätellen hän
asuu Lapissa, Kaamasessa. En tiedä, miksi koira on täällä.
Mies ei vastaa puhelimeen, kun yritän soittaa.
- Vai niin, Veikko sanoi. Varoittaisin sinua kuitenkin kiinty-
mästä siihen liikaa. Ehkä isäntä tulee hakemaan sen joku päi-
vä pois.

Sirpaa alkoi yhtäkkiä ahdistaa. Veikko oli oikeassa. Miten hän
taas antoi tunteen viedä. Tietenkin oikea omistaja tulisi ha-
kemaan koiransa pois joku päivä. Ehkä hän oli nyt Lapissa ja
antoi koiransa olla hyvässä hoidossa sen aikaa, kunnes taas
palaisi paikkakunnalle.
- Olet oikeassa, Veikko. Mutta nyt nautin Leevin seurasta. Se
saa olla täällä niin kauan kuin tahtoo.
Sirpa sipaisi Leevin päätä ohimennen. He katsoivat toisiaan.
Leevi ymmärsi, Sirpa oli siitä varma.

Veikon lähdettyä Sirpa katsoi hetken aikaa tv:tä. Leevi makasi
sohvalla hänen vierellään ja Sirpa kommentoi ohjelmaa koi-
ralle.
- Parempaa seuraa sinä olet kuin entinen poikaystäväni. Hän
ei antanut minun katsoa saippuasarjoja, hän sanoi, että ne
tyhmentää ihmistä. Voisiko ihminen enää tyhmempi olla
kuin minä olin? Uskoin sen roiston sanoja. Samaan aikaan
hän liehitteli muita naisia ja teki selkäni takana paljon muu-
takin pahaa... Mutta se on nyt ohi mennyttä elämää, onnek-
si.
Pian Sirpa meni nukkumaan kammariinsa ja Leevi jäi varti-
oimaan ovelle. Sirpa sai nukkua rauhallista unta.

5

Perjantaina Sirpa odotti Piian tuloa jännittyneenä. Hän oli laittanut juomat jääkaappiin ja ostanut hyvää ruokaa. Heillä olisi edessään hieno viikonloppu. Piian kanssa ei tullut koskaan tylsää ja olisi mukavaa jutella pitkästä aikaa.

Piian auton ajaessa pihaan Sirpa juoksi häntä ulos vastaan.

- Tervetuloa! Sirpa huitoi rapulla.

Piia avasi auton ikkunan.

- Mikä tuo hevosenpuolikas on? Uskaltaako täältä tulla ulos ollenkaan? Piia katsoi Sirpan takana seisovaa koiraa epäluuloisesti.

- Tämä on Leevi, uusi kämppäkaverini. Tule ulos vaan, Leevi on kiltti.

Piia otti matkalaukkunsa autosta pihalle.

- Terve, Leevi.

Koira haukahti hillitysti.

Naiset menivät käsikynkkää tupaan iloisesti rupatellen. Sirpa esitteli Piialle kaikki kaksi huonettaan Piian ihastellessa talon idylliä.

- Tämähän on ihana pikku mökki - kuin Hannun ja Kertun piparkakkutalo! Varo vain, ettei paha noita tule ja syö sinua suihinsa! Piia nauroi, mutta Sirpa vakavoitui. Häntä puistatti.

- Kas, kun sanoit noin.

Sirpa kertoi Piialle kylässä parkkipaikalla tapahtuneen välikohtauksen.

- Älä tuosta ota paineita. Ainahan näissä pikku kyläpahasissa on joku eukko, jonka päässä hiukan viiraa. Luultavasti se mummo ihastui Leeviin ja halusi tehdä tuttavuutta, Piia lohdutti.

- Ei se siltä näyttänyt. Se nainen näytti kommunikoivan Leevin kanssa - puhuvan sille, Sirpa vakuutti.

Piia katsoi Leeviä. Koirassa oli jotain erikoista. Se ei ollut tavallinen. Eläin tuskin koskaan heilutti häntäänsä, mutta ei ollut vihainenkaan. Se katsoi tummilla silmillään välillä niin läpitunkevasti, että oli pakko kääntää katseensa pois. Joskus melkein odotti, että se aukaisisi suunsa ja sanoisi jotain.

- Kuule. Eiköhän lämmitetä sauna, käydä pesulla ja laittauduta illanviettoon. Lupasinhan minä katsastaa paikkakunnan poikamiehet, Piia yritti nostaa apeaksi käyvää tunnelmaa.

Taksin saaminen peräkylässä ei ollut ihan niin yksinkertaista kuin kaupungin keskustassa, mutta onnistui kuitenkin. Heidät haki puhelias papparainen, joka tuurasi tänään poikaansa. Taksikuskipoika oli hoitamassa poikivaa lehmäänsä.

- Mihinkäs aikaan tyttösiä tullaan hakemaan takaisin? kysyi taksipappa, kun he pääsivät kyläbaarin ovelle.

- Milloinkas tämä kuppila menee kiinni, kysyi Piia rehvakkaasti. - Me istutaan valomerkkiin asti.

- Selvä. Kello yksi olen tässä samassa paikassa. Hauskaa iltaa neideille.

Naiset menivät sisään ravintolaan. Tai ehkä ravintola oli liian hieno nimitys kyläpubille. Sali oli tunkkainen. Siellä täällä istui keski-ikäisiä miehiä kaljatuoppi edessään. Piia meni edeltä tiskille.

- Iltaa. Siideri, kiitos.

- Sama minulle, sanoi Sirpa.

He menivät istumaan ikkunapöytään. He nauroivat ja juttelivat. Ohjelmassa oli näköjään karaokea. Piia kävi laulamassa "Aikuinen nainen" ja sai huimat suosionosoitukset yleisöltä. Heidän pöytäänsä istui pari keski-ikäistä miestä, joiden kanssa he kävivät mielenkiintoisen keskustelun karjankasvatuksesta ja EU-tuista. Seuraan liittyi lisää kyläläisiä ja juttu polveili suuntaan ja toiseen. Äkkiä joku miehistä kysyi:

- Sinullako on se suuri musta koira?

Sirpa häkeltyi.

- Itse asiassa, eihän se oikeastaan ole minun. On sillä oikea omistaja. Näköjään se on vaan ottanut minut varaemännäkseen siksi aikaa, kun oikea isäntä hakee sen kotiin.

- Oletko huomannut siinä koirassa mitään erikoista? kysyi mies taas.

- Mitä tarkoitat? Sirpaa alkoi huolettaa keskustelun saama suunta.

- Minä olin paikalla, kun Ängeslevän noita puhui sille jotain kummaa kieltä, koirankieltä?

Sirpa kalpeni. Ängeslevän noita? Minun koirani, Leevi? Piia huomasi, että Sirpa tarvitsi apua.

- Tules Sirpa, mennään rokkaamaan, ennen kuin on kotiinlähdön aika.

Piia veti Sirpan tanssilattialle. Kohta Sirpan mieliala nousi ja noitajutut unohtuivat. Loppuillan he viettivät kahdestaan baaritiskillä juoruillen. Taksikuski oli odottamassa heitä sovittuun aikaan ja he saivat kyydin kotiovelle saakka. Kiitettyään papparaista kyydistä he menivät sisään.

Leevi tuli heitä vastaan. Se katseli heitä paheksuen. Kenties he haisivat pahalta koiran herkkään kuonoon.
- Eiköhän mennä nukkumaan, ehdotti Sirpa. Meillä on vielä huominen päivä aikaa jutella. Käydään vaikka lenkillä.
Piia oli jo nukahtanut sohvalle. Sirpa peitteli hänet ja meni kammariin. Hän sanoi Leeville hyvää yötä.

Aamupalalla Sirpa oli mietteliäs.
- Miksi kyläläiset puhuvat noidasta? Ja miten minun koirani liittyy siihen kaikkeen?
- Tuskin siinä on mitään ihmeellistä. Kyläläisten täytyy keksiä jutunjuurta jostain. Muutenhan täällä kuolee ikävään. Mennään lenkille, niin piristyt. Otetaan Leevi mukaan. Se voi näyttää meille hiukan paikkoja.

He lähtivät ulos. Ilma oli kostea, räntää sateli ja sohjossa oli raskas kulkea.
- Tämä se tekee hyvää selluliitille, Piia tohisi ja kiristi vauhtia.
Leevi löntysteli heidän perässään. Näytti siltä, että koiranilma ei tälle koiralle sopinut. Se vaikutti erittäin haluttomalta kastelemaan turkkiaan. Silti se seurasi heitä kiltisti.
- Käännytään tuolle metsätielle, Piia sanoi ja oli jo menossa.
Sirpa tuli perässä, kun ei muutakaan keksinyt. Hän ei tuntenut näitä seutuja ollenkaan. Leevi kääntyi tielle vielä haluttomammin. Kilometrin päässä tie muuttui pelkäksi poluksi.

- Pitäisikö kääntyä? Jos lumisade yltyy, olemme kohta eksyksissä, sanoi Sirpa levottomana.

- Höpsis! Onhan meillä vainukoira mukana.

Piia reippaili eteenpäin, vaikka lumisade yltyi ja raskas räntä kasteli vaatteetkin.

- Katsos. Tuolla on joku mökki. Piia huuteli.

Hän oli jo kymmenen metriä Sirpaa edellä.

- Käännyttäisiinkö takaisin…, Sirpan ääni hukkui ulisevaan tuuleen.

Kun Sirpa oli kävellyt mökille saakka, ei Piia näkynyt. Oliko tämä mennyt mökin sisälle? Sirpaa huoletti. Hän ei tuntenut oloaan ollenkaan mukavaksi. Hän vilkaisi taakseen. Leevi. Leevi? Sitä ei näkynyt missään.

- Leevi! Leevi-kulta! Sirpa huuteli, mutta koira oli hävinnyt. Liekö kyllästynyt tarpomaan sateessa ja kääntynyt kotiin.

- Tule tänne sisään hetkeksi kuivattelemaan, Piian pää pilkisti mökin ovesta.

Sinne hän oli siis marssinut muitta mutkitta.

Punainen mökki oli rähjäinen. Se näytti asumattomalta. Eihän sinne ollut kunnon tietäkään. Ilmeisesti se oli joku vanha eräkämppä tai tukkikämppä.

Sirpa astui varoen ovesta. Mökissä oli lämmin. Oliko täällä pidetty tulta lähiaikoina? Ei uskoisi. Mökki oli siinä kunnossa, kuin viimeiset asukkaat olisivat asuneet siellä sata vuotta sitten.

- Ei tänne sovi tulla näin vain. Jospa joku asuu täällä…

Sirpa oli kauhuissaan. Hän tunsi itsensä tunkeilijaksi.

- Sanomme sitten, että meidän piti päästä hetkeksi pois sateesta. Kyllä isäntä ymmärtää.

- Isäntä? Mistä tiedät, että täällä on isäntä? Sirpa ihmetteli.

Tuvassa ei ollut juuri mitään tavaroita. Mistä Piia oli tehnyt johtopäätöksen isännästä?

- Katsopa näitä.

Piialla oli kädessään muodikkaat farkut ja siisti kauluspaita. Ovensuussa oli uudehkot talvikengät ja rento toppatakki. Talossa asui selvästi tyylikäs herra. Mutta mihin ihmeeseen mies oli mennyt ilman ulkovaatteitaan? Vai, jos mies olikin jossain pistäytymässä ja palaisi takaisin hetkellä millä hyvänsä.

- Mennään jo, Sirpa sanoi ovella.

Älä nyt pidä kiirettä. Tuskin noin tyylikäs mies heittää ulos paria ovelleen eksynyttä tyttöraasua. Rauhoitu nyt. Missä muuten Leevi on? Pyydä sekin lämmittelemään.

- En ole nähnyt Leeviä vähään aikaan.

- No, jos se vaikka löysi jäniksen jäljet. Eikö koirat tee sellaista? Jahtaavat jäniksiä?

Sirpa ei olisi voinut kuvitella Leeviä jahtaamassa jotain jänistä saati muita eläimiä. Joku muu syy oli saanut Leevin häviämään maisemista.

Piia pyöri uteliaana tuvassa. Pöydällä oli sanomalehtiä. Ne olivat parin päivän takaa. Uunissa oli ollut tuli päivä pari sitten. Muuten tupa ei olisi ollut näin lämmin. Mies oli syönyt pussikeittoa ja sämpylöitä roskista päätellen. Muuten talo näytti asumattomalta. Se oli väliaikainen oleskelupaikka jollekin. Miksi? Siihen eivät tuvan tavarat antaneet mitään vihjettä.

- Sirpa. Katso, kännykkä! Mihin mies menee ilman kännyk-
käänsä?

Piialla oli puhelin jo kädessään.

- Nyt laitat sen pois ja heti. Lähdetään täältä!

Piia näytti aprikoivan, totellako vai ei. Vastahakoisesti hän
laski kännykän kädestään pöydälle.

- Harmi. Olisin halunnut tavata tämän salaperäisen herran.
Mennään sitten.

He lähtivät ulos. Mökin oven he laittoivat kiinni. Ainoaksi
merkiksi heidän käynnistään jäi kahdet jalanjäljet lumeen.
Kenties nekin olisivat peittyneet, ennen kuin mies palaisi
takaisin mökkiinsä.

Päästessään takaisin Sirpan talolle, Leevi istui portailla heitä
odottamassa. Oudon syyttävästi se katsoi heitä. Aivan kuin se
olisi tiennyt heidän olleen luvattomilla teillä.

He vaihtoivat kuivat vaatteet ja söivät hyvän aterian. Iltapäivä
oli mukava loikoilla sohvalla ja katsoa televisiosta romanttista
komediaa. Kun se oli saatu onnelliseen loppuun ja kyyneleet
pyyhitty molempien poskilta, Piia otti puheeksi Mikan.

- Vieläkö haikailet sen roiston perään?

Mikan nimen mainitseminen satutti Sirpaa aina vaan. Oli
vaikea luopua ajatuksesta, että Mika ei ollutkaan tarkoitettu
hänelle elämänkumppaniksi. Sirpa purskahti itkuun.

- Jos Mika tulisi takaisin, ottaisin hänet ilomielin takaisin.
Rakastan häntä, Sirpa nyyhkytti.

- Minulla on sinulle kerrottavaa, Piia sanoi vakavana. Mika
on mennyt kihloihin tämän Karlan kanssa. Iski kai kultasuo-

neen. Karlan isä omistaa Höök Oy:n. Kai se niljake toivoo pääsevänsä firmaan vähintään toimitusjohtajaksi.

Tieto koski Sirpaan pahasti. Hän oli oikeastaan uskotellut itselleen, että Mika oli hairahtunut vain hetkeksi. Hän oli uskonut, että Mika kyllästyisi Karlaan pian ja palaisi anteeksipyydellen hänen luokseen. Niin oli käynyt pari kertaa ennenkin.

Leevi tuli lähemmäksi. Se painoi päänsä Sirpan syliin ja katsoi tätä silmiin. Aivan kuin se olisi halunnut sanoa: Älä välitä! Sirpaa alkoi naurattaa.

- Katso nyt tätä koiraa. Onko ihmisellä parempaa ystävää kuin koira?

Sirpa taputti Leeviä ja koira meni takaisin makuulle.

- Jos Mika nyt kuitenkin ilmestyy ovellesi niin sanotusti häntä koipien välissä, toivottavasti olet tarpeeksi vahva sanomaan hänelle että "ulos". Eiköhän tämä tapaus nyt ollut viimeinen pisara.

- Olet aivan oikeassa, Sirpa myönsi. En vain ole varma, onko minulla voimia siihen. Mika on aina osannut puhua minut ympäri. Hän osaa olla niin ihana, ja taas Sirpa alkoi parkua.

- No niin, kaikki hyvin. Soitat vaikka minulle, niin tulen heittämään sen hyypiön ulos.

Piia vilkaisi lattialla loikoilevaa Leeviä.

- Leevi. Pidä sinä huolta, ettei Sirpa sorru enää siihen onnenonkijaan. Kuulitko? Älä päästä Mikaa Sirpan lähelle, jooko?

- Vuh! Leevi nosti päätään.

- Siinäpä se. Asia hoidossa, sanoi Piia.

Molemmat alkoivat nauraa.

Kun Piia sunnuntaina oli palaamassa takaisin kaupunkiin, Sirpaa melkein itketti. Heillä oli ollut hauskaa ja Sirpalla tulisi Piiaa hirveästi ikävä.
- Onhan meillä puhelimet. Voit soittaa milloin vain.
Portailla istuvalle Leeville Piia sanoi:
- Katso sinä tuon Sirpan perään.

Ja sitten Sirpa oli yksin. He menivät Leevin kanssa sisälle ja Sirpa ryhtyi työhön. Pian hän olikin niin keskittynyt mielenkiintoiseen käännökseensä, ettei muistanut enää sen paremmin Piiaa kuin Ängeslevän noitaakaan.

6

Sirpa havahtui nälän tunteeseen. Hän venytteli puutuneita jäseniään, sammutti tietokoneen ja nousi ylös. Ulkona oli tullut jo pimeää. Sirpa oli napsauttamassa ulkovaloa päälle eteisessä, kun Leevi nousi äkisti ja alkoi murista ovella.
- Mikä nyt? Kuuletko jotain?
Leevi vilkaisi Sirpaa kuin sanoakseen, että älä huolehdi, minä hoidan tämän.
- Onko pihassa jotain? Sirpa oli levoton.
Entä jos se oli läheisen mökin salaperäinen asukki, joka oli huomannut kutsumattomien vieraiden käynnin asunnollaan.

Ties vaikka mies olisi joku vankikarkuri ja tämä pelkäsi nyt piilonsa paljastuvan. Mies oli tullut kostamaan - ellei peräti hiljentämään todistajat...

Sirpaa alkoi pelottaa. Hän avasi varovasti oven ja laski koiran siitä ulos. Jos pihalla olisi joku hiiviskelijä, hän taatusti pelästyisi suurta koiraa.

- Entä jos sillä on ase? Sirpa kauhistui. - Ei kai mies vaan ammu Leeviä?

Sirpa avasi oven uudelleen ja kurkkasi pihalle. Leeviä ei näkynyt enää. Sen haukkumistakaan ei kuulunut. Kaikkialla oli aivan hiljaista.

- Leevi! Leevi! Sirpa yritti huudella, mutta koiraa ei näkynyt. Ehkä koira tosiaan oli vainunnut jäniksen. Mitä hän oikein kuvitteli. Hän meni takaisin sisälle. Koira palaisi takaisin, kun oli valmis.

Sirpa laittoi itselleen iltateen ja luki hetken kirjaa. Kello oli jo paljon, mutta Leeviä ei näkynyt. Sirpa huolestui. Aikoiko koira olla koko yön poissa? Nyt oli pakkastakin melkein kymmenen astetta.

Puhelimen ääni keskeytti Sirpan ajatukset. Kännykän näytössä oli tuttu numero. Koiranomistaja! Jännittyneenä Sirpa vastasi puheluun. Hänellä olisikin miehelle pari valittua sanaa sanottavanaan.

- Iltaa. Halusin vain ilmoittaa, että Leevi on turvassa. Se on luonani tämän yön.

- Kuules nyt, tuolla tavalla ei voi toimia. Ei koiraa voi heitellä edestakaisin kodista toiseen. Kärsiihän se siitä. Tiedän sitä paitsi sinusta yhtä ja toista. Miksi puhelinnumero on Kaamasessa? Missä sinä oikein olet? Miten Leevi on ehtinyt sinne? Vastahan se tästä lähti?

Sirpa huomasi puhuvansa itsekseen. Toisesta päästä kuului pelkkää tuuttausta. Mies oli lyönyt hänelle luurin korvaan. Todella omituista. Pääasia tietenkin oli, että Leevi oli turvassa. Mutta miten turvassa eläin saattoi olla tuollaisen omituisen henkilön huostassa. Tosin Leevi ei näyttänyt kärsineeltä.

Harmissaan Sirpa asettui yöpuulle. Tylsää nukkua yksin, kun oli jo tottunut koiran läsnäoloon. Antaisiko mies hänelle koiran omaksi? Siihen ihanaan ajatukseen Sirpa nukahti.

Aamulla Leevi oli jo oven takana odottamassa, kun Sirpa nousi ylös.

- Tule sisään, poika. Missä hirveässä paikassa olet ollut koko yön? Voi sinua ressukkaa. Tule ottamaan aamupalaa.

Aivan ilmeisesti Leevi oli nukkunut yönsä lämpimässä paikassa. Se näytti levänneeltä ja tyytyväiseltä. Se ei ole tullut kovin kaukaa... ja silloin Sirpa tajusi!

Mökki! Se rähjäinen mökki, mihin Piia oli hänet vienyt. Ihan varmasti Leevin omistaja oli sama mies, jonka vaatteet ja omaisuutta oli ollut mökissä. Miksi mies piileskeli? Oliko hän tosiaan rikollinen tai pahantekijä? Ajatus jäi vaivaamaan Sirpaa. Hän kertoi Leevillekin epäilyksistään.

- Älä nyt loukkaannu, mutta minusta tuntuu, että sinun isäntäsi saattaa olla jonkunlainen rikollinen. Jos niin on, minun on pakko antaa hänet ilmi poliisille ja silloin sinä jäät minun koirakseni kokonaan. Kokonaan minun!

Mitä enemmän Sirpa tätä ajatteli, sitä paremmalta asia alkoi hänen korvissaan kuulostaa. Soittaessaan mies ei koskaan puhunut hänelle puhelimessa juuri mitään. Hän ei paljastanut olinpaikkaansa. Se oli selvinnyt hänelle aivan vahingossa, kiitos ystävänsä Piian. Jos hän selvittäisi, mitä mies piilotteli, kenties hän olisi piakkoin koiranomistaja.

- Kuules Leevi. Lähtisitkö mukaan pienelle retkelle?

Leevi katsoi häntä ja meni takan eteen makuulle. Se oikaisi jalkansa ja oli nukkuvinaan.

- Älä yritä. Mennään nyt vaan. Tarvitsen taustatukea. Jos se mies sattuu olemaan paikalla tai mikäli hän käy vaikka hyökkääväksi.

Sirpa veti jo saappaita jalkaan. Leevi nousi laiskasti. Sirpan piti melkein vetää se pihalle perässään. He lähtivät matkaan, sivutielle ja polulle. Kohta mökki häämötti polun päässä.

Sirpaa alkoi äkkiä hermostuttaa. Puhelinkaan ei ollut tullut mukaan. Olisi pitänyt ilmoittaa jollekin, minne olen menossa, vaikka Piialle. Vai olisiko poliisit pitänyt soittaa saman tien paikalle? Onneksi Leevi näytti tulevan tällä kertaa mukaan, vaikka vasten tahtoaan. Se näkyi siitä selvästi.

Miehen täytyi olla vielä mökissä. Siitä oli vain hetki, kun Leevi oli tullut kotiin. Jos se oli viettänyt täällä yön miehen kanssa, mies ei olisi ehtinyt vielä lähteä. Sirpahan voisi ihan asiallisesti keskustella tästä koira-asiasta. Ehkä he voisivat sopia jopa jotkut koiranhoitovuorot, kuka tietää.

Sirpa seisoi mökin ovella. Hän nosti kätensä koputtaakseen, mutta vilkaisi alas. Oven edessä oli vain yhdet jäljet - koiran jäljet. Se tarkoitti väistämättä sitä, että mies oli talossa. Leevi seisoi nyt hänen takanaan, muuten Sirpa olisi tainnut kääntyä kannoillaan ja pötkiä karkuun.

Sirpa koputti oveen. Kun kukaan ei vastannut, hän koputti uudelleen, kovempaa. Ja vielä kerran Sirpa paukutti ovea oikein kunnolla. Kun sekään ei tuottanut tulosta, hän avasi oven ja meni sisään.

Mökissä oli suloisen lämmintä. Takassa näytti olevan vielä pieni hiillos. Tuvassa leijui tuoreen kahvin tuoksu. Mökki oli kuitenkin tyhjä - ei ristin sielua. Leevi asteli Sirpan perässä tupaan. Kuin vanha tuttu se meni vesikupille ja hörppi vettä. Sitten se asettui matolle ja katsoi Sirpaa.

- Älä nyt vaan sano, että mitäs minä sanoin..., sanoi Sirpa Leeville.

Sirpa katseli ympärilleen. Farkut ja paita olivat edelleen tuolin selkämyksellä, kengät oven edessä, kuten ensimmäiselläkin kerralla. Missä ihmeessä se mies mahtoi piileskellä? Kuinka äkkiä hän livahti piiloon, mietti Sirpa astellessaan pirtissä.

Hän huomasi pöydällä olevan puhelimen. Uskaltaisiko katsoa sitä? Kuinka suureen rikokseen hän syyllistyisi, jos luki toisen kännykkäviestejä ja tutki soitettuja puheluita? Hän otti kännykän käteensä. Leevi nousi ylös ja tuli Sirpan luo. Se töni Sirpaa kuonollaan.

- Älä sinä nyt ala moralisoida, tämä on meidän molempien parhaaksi.

Leevin tönimisestä huolimatta Sirpa katsoi kännykän puhelutietoja. Eilen illalla oli soitettu puhelu tuttuun numeroon, hänen numeroonsa. Bingo!

Voitonriemuisesti hymyillen Sirpa päätti katsoa muitakin numeroita – paitsi, että muita numeroita ei ollut. Ei muita soitettuja puheluita. Ei kenenkään numeroa muistissa. Ei viestejä, ei mitään. Tyhjää täynnä - lukuun ottamatta hänen numeroaan.

Sirpan hiukset nousivat pystyyn. Hän heitti puhelimen pöydälle ja lähti paniikissa ulos talosta. Leevi juoksi hänen perässään. Molemmat hölkkäsivät lähes koko matkan mökiltä Sirpan talolle. Huohottaen Sirpa jäi portaille istumaan. Sirpan keuhkoja repi raaka ilma. Hän ei ollut tottunut juoksemaan. Järkyttävä löytö kaiken kaikkiaan.

Hän meni sisälle ja otti kaapista esiin konjakkipullon. Loraus lasiin ja aineen rauhoittava vaikutus tuntui jäsenissä heti.

- Mikä ihmeen tyyppi siellä asustaa? Sirpa sanoi Leeville, joka katseli häntä tutkivasti.

Koska oli liian järkyttynyt kirjoittaakseen, Sirpa päätti mennä saunan lämmitykseen. Halkojen hakkaaminen oli myös tarpeeksi rentouttavaa hommaa kaiken tämän jälkeen. Illalla hän ehkä pystyisi taas töihin.

Kun mies seuraavan kerran soittaisi, hän aikoi kertoa tälle tietävänsä nyt kaiken. Ja ellei omituinen käytös ja häirintä loppuisi, hän ilmoittaisi miehestä poliisille. Hän vilkaisi Leeviä. Mitä jos mies suutuksissaan ei laske Leeviä enää hänen luokseen? Se olisi kauheaa.

Sirpa laskeutui lattialle Leevin viereen. Hän jutteli koiralle pelostaan, että mies veisi sen Sirpalta. Sirpa kertoi toivovansa, että Leevi voisi jäädä tänne hänen kanssaan, eikä koiran enää koskaan tarvitsisi mennä miehen luo. Leevi nuolaisi Sirpan kättä.

- Toivottavasti tuo tarkoitti, että sinäkin haluat jäädä tänne, Sirpa hymyili.

Leevi pysyi kotona seuraavat pari viikkoa. He kävivät kaupassa ja kirjastossa, mutta koira pysyi yöt Sirpan talossa. Äiti ja isä olivat palanneet Virosta ja he olivat tulossa käymään iltapäivällä. Sirpa oli käynyt aamulla kaupassa hakemassa tarjottavaa ja siivonnut talossa.

- Täällä täytyy olla tip top, kun äiti tulee. Hän nuohoaa jokaisen sängynalusenkin, sanoi Sirpa Leeville.

Täsmälleen sovitulla kellonlyömällä äidin ja isän uusi Opel kurvasi pihaan. Sirpa katsoi ikkunasta.

Hän meni vanhempiaan vastaan ja äiti halasi tytärtään. Heillä oli tuliaisiksi kukkia ja eestiläistä suklaata.

- Kiitos, sanoi Sirpa kunnon tyttären tavoin saamastaan lahjasta.

Äiti huomasi Leevin. Se tarkkaili tulijoita kuistilla.

- Mikä hirveä olio tuo on?

Äiti ei ollut mikään eläinystävä. Siksi kai Sirpakin oli turhaan mankunut itselleen lemmikkiä pikkutyttönä.

- Saanko esitellä - Leevi. Leevi - äiti ja isä.

Leevi nousi kohteliaasti ylös ja heilautti häntäänsä.

- Pureeko tuo? Se näyttää vihaiselta? Miksi se tuijottaa minua tuolla tavalla? Aikooko se hyökätä? Äiti osoitteli koiraa sormellaan.

- Leevi ei tee pahaa kärpäsellekään, Sirpa sanoi loukkaantuneena.

- Voisitko laittaa sen kuitenkin ulos, olen hiukan allerginen, enkä voi sietää koirankarvoja.

Sirpa katsoi Leeviä. Hänen ei tarvinnut sanoa mitään, kun Leevi jo nousi ja lähti ovesta. Äiti tuhahti ja marssi tupaan.

- Esittelepä nyt sitten tätä uutta lintukotoasi. Ainakin ulkopuolelta talo on melko vaatimattoman oloinen. Muistuttaa lähinnä heinälatoa.

- Minusta mökki on oikein viehättävä, isä puuttui puheeseen.

Sirpa katsoi tätä kiitollisena. Isällä oli aina oikeat sanat joka tilanteeseen. He ymmärsivät toisiaan puolesta katseesta, eikä kumpikaan välittänyt äidin hössötyksestä. Sirpa tiesi, että äitikin syvällä sisimmässään oli ylpeä tyttärestään, joka uskalsi tehdä rohkeita ratkaisuja elämässään.

Äiti kiersi taloa ja katseli arvostelevasti ympärilleen. Hän kurkisteli kaappeihin ja kyykisteli sängyn alle. Odottiko hän löytävänsä kenties kaappiin piilotetun miehen, sitä Sirpa ei tiennyt.

- Tarkeneeko täällä? Tuntuu aika viileältä? Eikö täällä ole vessaa? Missä on suihku? Onko sinulla lapsiraukka edes astianpesukonetta?

Sirpa kuunteli, kun äidin valitus jatkui. Mikään ei tuntunut kelpaavan. Äiti säälitteli tyttöraukkaansa, kun tämä oli joutunut kerrassaan kehnoihin oloihin.

- Pitäisikö sinun lähteä meidän kanssamme kaupunkiin? Eihän naisen sovi asua yksin tällaisessa erämaassa? Mitä sinä teet, jos joku miehenroikale hyökkää täällä sinun kimppuusi? Poliiseilta kestää varmaan kolme tuntia ajaa tänne. Siinä ajassa sitä ehtii tapahtua yhtä ja toista...

- Onhan minulla Leevi, Sirpa sanoi kärsimättömästi.

Äidin paasaaminen alkoi jo käydä hermoille.

- Mistä se eläin on tänne tullut? Oletko sinä ostanut sen? Se ei taida olla edes rotukoira, rumakin oli kuin mikä.

Sirpan täytyisi valita sanansa todella tarkkaan, ettei äiti hiiltyisi enää enempää. Jos äiti kuulisi, että koira vain "ilmestyi" hänen kotiinsa ja että sen epämääräinen omistaja asui parin kilometrin päässä, äiti raahaisi hänet kaupunkiin vaikka pakkopaidassa.

- Tuota... Tämä on yhden ystäväni koira, Pirjon. Muistatko Pirjon? Hän sai työkomennuksen Tansaniaan ja koiralle piti löytää pian hoitopaikka talveksi. Minä olin juuri sopiva. Koirakin on onnellinen täällä maalla. Minulle se on turva. Leevi on oikea vahtikoira.

Sirpan isä seurasi sohvalta äidin ja tyttären keskustelua. Hän tiesi, että Sirpa valehteli, mutta ei puuttunut asiaan. Isä luotti Sirpan arvostelukykyyn. Tämä oli aina osannut valita elämässään oikein - paitsi sen inhottavan Mikan suhteen. Siitä lierosta ei ollut näkynyt kierous päällepäin.

- Pirjon? En muista, äiti sanoi, mutta näytti tyytyvän selitykseen.

- Otatteko kahvia? Sirpa kysyi ja toivoi, että keskustelu siirtyisi Leevistä johonkin vähemmän tulenarkaan aiheeseen.

- Kiitos kyllä... aloitti isä, mutta äiti ehätti sanomaan.

- Ei me millään ehditä, minulla on joogatunti kuudelta. Tästä kestää ajaa kuitenkin melkein kaksi tuntia kaupunkiin. Ja mitä jos pitää mennä vessaan? Tuonne pihan perällekö laitat vanhan naisen istumaan, ei käy! Me lähdemme kotiin.

- Kyllä minä nyt juon kahvia. Istu Irmeli alas. Olet sinä pihanperällä osannut tarpeesi ennenkin tehdä, isä sanoi tiukasti, ja äiti istui kiltisti alas.

- No, ehkä sitten kupponen...

Sirpa laittoi kahvin päälle ja kattoi kupit tuvan pöydälle. Äidin puheen sorina kuului keskeytymättä, mutta hänelle riitti, kun Sirpa silloin tällöin huikkasi "kyllä" tai "aivan". Äidin porina meni toisesta korvasta sisään ja toisesta ulos, kunnes Sirpa kuuli mainittavan Mikan nimen.

- Oletko kuullut, että Mika on menossa naimisiin sen Höökin tytön kanssa? Äiti tokaisi aivan varoittamatta.

Sirpa yritti säilyttää malttinsa, vaikka ajatus teki kipeää.

- Piia tosiaan puhui jotain sen suuntaista täällä käydessään. Toivottavasti heillä on enemmän onnea suhteessaan kuin meillä oli, Sirpa sanoi hiljaa.

- On se harmi, ettei teistä sitten tullut paria. Se Mika on sitten komea poika. Ei Karlakaan hullumman näköinen ole, tietenkin rahalla saa vaatteita ja kampauksia. Tuskin se tyttö on tehnyt päivääkään elämässään töitä. Rikas isä huolehtii tyttärensä jokaisesta toiveesta. Varmaan huolehtii nyt sitten Mikankin toiveista...

- Ei raha tuo onnea, isä sanoi väliin.

- Mika on kuulemma jo päätetty nimittää yhtiön varatoimitusjohtajaksi. Vähän kuin kihlajaislahjaksi, kerrotaan kaupungilla, äiti jatkoi kuin ei olisi kuullutkaan isän kommenttia.

- Olen iloinen Mikan puolesta, sai Sirpa sanottua, vaikka olisi tehnyt mieli kirota koko mies.

- Mika tietää, miten menestytään, äiti sanoi.

Tupaan syntyi painostava hiljaisuus. Sirpa toivoi, ettei alkaisi itkeä. Sitä hän ei halunnut tehdä vanhempiensa nähden. Onneksi isä näki, miten paha mieli Sirpalla oli ja vaihtoi puheenaihetta.

- Oletko tutustunut kyläläisiin? Täällä on varmasti originelleja tyyppejä?

- Kirjastossa käydessäni olen jutellut muutaman kanssa ja postissa on töissä yksi kiva nuori nainen. Ehkä kutsun hänet joku päivä käymään.

- Entä miehet? Onko paikkakunnalla ketään varteenotettavaa aviomiesehdokasta? Äiti kysyi.

Vaivautuneena Sirpa pyöri tuolissaan. Miksi äidin piti aina ahdistella häntä miesasioiden kanssa? Pelkäsikö äiti, että Sirpa jää vanhaksipiiaksi? Hän oli aikuinen nainen. Kai hän osasi seuraa etsiä, jos oli sitä vailla.

- Ehtiihän tuota. Nautit nyt, kun olet yhdestä eroon päässyt, sanoi isä naureskellen.

Äiti näytti edelleen tyytymättömältä. Kai häntä harmitti pieleen mennyt suhde Mikan kanssa. Mika oli lumonnut äidin sulavalla käytöksellään. Joskus Sirpa olikin miettinyt, kumpaa Mika kosiskeli, häntä vai hänen äitiään.

- Ei kyllä meidän nyt pitää lähteä, sanoi äiti ja alkoi pukea takkia ylleen. - En halua myöhästä joogasta.

Isä nousi myös ja Sirpa lähti saattamaan heitä autolle. Äiti vannotti Sirpaa tulemaan pian käymään kotona. Ja jos olo käy yksinäiseksi, aina on kodin ovet auki, lupasi isäkin.

Kun auto oli häipynyt näköpiiristä, Sirpa huokasi. Osittain helpotuksesta, osittain ahdistuksesta. Miksi ihmeessä hän tunsi itsensä aina pikkutytöksi vanhempiensa seurassa? Ehkä se oli jokaisen lapsen kohtalo. Hänen äitinsä nyt oli kuitenkin aivan omaa luokkaansa.

Leeviä ei näkynyt. Olikohan se loukkaantunut, kun se heitettiin niin tylysti pihalle? Sirpa huuteli pihassa, mutta koira ei tullut esiin. Olisiko se lähtenyt mökille?

Äkkiä Sirpan päähän pamahti villi ajatus. Hän lähtisi nyt tapaamaan koiran omistajaa - Leeviä. Ehkä mies olisi kotona. Varmaan koirakin oli mennyt sinne, kun se oli pistetty Sirpan luota ulos. Sirpan mielialakin oli juuri omiaan vanhempien vierailun jälkeen - täynnä adrenaliinia. Häntä ei pelottanut yhtään. Sirpa harkitsi, soittaisiko ensin. Hän päätti kuitenkin tehdä yllätyshyökkäyksen. Mies oli päässyt livahtamaan liian monta kertaa karkuun. Mies näytti melkein välttelevän Sirpaa.

7

Ilta alkoi jo hämärtyä, mutta polku alkoi jo tulla tutuksi. Tämä oli jo kolmas kerta, kun Sirpa käveli mökille. Edellisellä kerralla hän oli pelästynyt kännykässä olevaa omaa numeroaan. Nyt hän oli päättänyt vaatia selityksen mieheltä. Miksi numero oli muistissa? Ja vain Sirpan numero?

Sirpaa jännitti. Eihän hän tiennyt, oliko mies nuori vai vanha, tumma vai vaalea. Vaatteista päätellen mies kuitenkin liikkui ihmisten ilmoilla, sillä ne olivat muodikkaat ja siistit.

Mökin ikkunasta pilkotti valoa. Mies oli kuin olikin kotona! Sirpa pysähtyi polulle. Uskaltaisiko hän mennä sisään? Ainakin Leevi tunnistaisi hänet. Hän veisi Leevin kotiin. Kenties hän saisi sovittua jotain Leevin hoidostakin. Sirpa voisi jopa yrittää ostaa Leevin kokonaan omakseen. Tämä ajatus päässään Sirpa sai rohkeutta edetä mökin ovelle.

Hän koputti oveen, kuten viime kerrallakin. Kukaan ei vastannut. Oliko mies taas ehtinyt paeta paikalta? Koirankaan ääntä ei kuulunut. Miksei Leevi haukkunut? Koira tietenkin tunnisti ja haistoi Sirpan oven takaa.

Sirpa koputti kovempaa. Nyt hän kuuli lähestyvät askeleet. Pakokauhu iski Sirpaan. Hän oli kääntymäisillään ovelta ja juoksemaisillaan karkuun päätä pahkaa, mutta keho oli kuin halvaantunut. Jalat eivät totelleet ja hän seisoi paikoillaan kuin patsas. Tulisiko ovelle sarjamurhaaja puukko kädessään? Sirpan silvottu ruumis löytyisi vasta ensi keväänä - jos silloinkaan. Tekijä olisi paennut Etelä-Amerikkaan ja jatkaisi hirmutöitään rankaisematta. Hänen mielikuvituksensa laukkasi kuin villihevoslauma.

Avautuvassa oviaukossa seisoi mies. Valo tuli miehen selän takaa, eikä Sirpa nähnyt kunnolla, miltä hän näytti. Sirpa siristeli silmiään ja yritti nähdä tarkemmin. Mies oli ilman paitaa. Kulkiko tämä herra tosiaan pääsääntöisesti ilman vaatteita? Siltä se vähän alkoi näyttää. Miehen vartalo näytti treenatulta, urheilijan vartalolta. Mies selvästi harrasti liikuntaa, kenties juoksua.

- Iltaa. Anteeksi että häiritsen, Sirpa sopersi.

Olikohan tämä ollut sittenkään hyvä idea? Rynnätä tänne tällä tavalla ilmoittamatta.

Mies seisoi edelleen ovella, eikä hänellä ilmeisesti ollut aikomustakaan kutsua Sirpaa sisään. Hän ei myöskään vastannut Sirpalle.

- Niin, tuota, olette ilmeisesti Leevi Kokko? Koiran omistaja? Sirpa yritti nähdä oven raosta, näkyisikö Leeviä mökin sisällä.

- Minä etsiskelen Leeviä. Siis sitä mustaa koiraani, tai siis teidän koiraanne...

Sirpa tunsi itsensä joka lauseen jälkeen hölmömmäksi.

Mies kääntyi ja meni mökkiin. Hän ei kutsunut Sirpaa peremmälle, mutta Sirpa ei jäänyt odottamaan kutsua vaan meni sisälle miehen perässä. Mökin sisällä ei ollut Leeviä. Ei jälkeäkään koirasta.

Mies jäi seisomaan keskelle tuvan lattiaa. Sirpa tunsi olonsa vaivautuneeksi miehen tummien silmien tuijottaessa häntä.

Miehen ikää oli vaikea päätellä. Vartalo oli kuin nuoren miehen, mutta tummissa silmissä oli murheellinen katse, joka olisi kuulunut paljon hänen ikäistään vanhemmalle. Tumma tuuhea ja kiharainen tukka ulottui miehen niskaan. Kauniit kasvonpiirteet sotivat miehen surullista olemusta vastaan. Iloisena mies olisi näyttänyt kerrassaan komealta - hurmurilta suorastaan. Pieni pilke tummissa silmissä ja hymynkare suupielessä olisi tehnyt miehestä vastustamattoman kenen tahansa naisen silmissä.

Sirpa punastui ajatuksiaan. Hän käänsi katseensa pois miehestä. Häntä häiritsivät tämän silmät. Niissä oli jotain tuttua ja turvallista. Ainakaan ne eivät olleet murhamiehen silmät, siitä Sirpa oli varma.

- Onko Leevi täällä? Haluaisin tietää, että se on turvassa, Sirpa sanoi ja toivoi miehen vastaavan edes jotain.

Hiljaisuus synnytti heidän välilleen sähköisen tunnelman. Sirpa aisti miehen läsnäolon joka solullaan. Tunsiko mies samoin, ehti Sirpa ajatella. Tuskin. Ehkä hän itse oli ollut liian kauan ilman herraseuraa, ajatteli Sirpa. Alanko olla todella epätoivoinen?

- Leevi lähti.

Miehellä oli tumma, soinnikas ääni.

- Ai lähti vai? Sirpa sanoi, vaikka hänellä olisi ollut tuhat järkevämpääkin asiaa sanottavanaan.

Kuten, miksi mies asusteli metsän keskellä vaatimattomassa mökissä yksinään? Miksi hän laski koiransa Sirpan luo? Minkä takia hänen osoitteensa on Kaamasessa?

- Sirpa. Pidäthän huolen Leevistä?

Mieshän osaa sittenkin puhua, ajatteli Sirpa. Tuossahan oli jo kokonainen lause. Ja hän tietää minun nimeni! Sirpa ei tiennyt, miksi asia tuotti hänelle niin suurta iloa. Se oli kuulostanut niin ihastuttavalta, miten mies lausui hänen nimensä.

- Tietenkin pidän. Leevistä on tullut paras kaverini. Jos saan kysyä... Oletteko menossa jonnekin? Kaamaseen, kenties?

Sirpa huomasi, ettei mies ollut halukas puhumaan asiasta. Hän ei näyttänyt olevan halukas puhumaan mistään muustakaan asiasta. Itse asiassa mies näytti huonovointiselta. Hän otti molemmilla käsillään tukea pöydästä ja painoi päänsä alas.

- Voitteko hyvin? Sirpa oli tarttumaisillaan miehen käteen, kun mies pelästyneenä pereäntyi selkä edellä mökin nurkkaan.

- Mene nyt, Leevi odottaa.

Miehen kasvot olivat lohduttoman surulliset. Suloiset, mutta surulliset. Kuin mies olisi kantanut suurta taakkaa harteillaan - valtavaa surua sydämessään.

- Mutta...

Sirpasta mies näytti huolestuttavan sairaalta. Eihän miestä voisi jättää tuossa kunnossa tänne. Miehellä ei ollut edes autoa tien päässä, millä pääsisi lääkäriin.

- Haluatteko, että haen auton? Voin viedä teidät lääkäriin tai kylälle tai...

- Mene.

Sirpa katsoi vielä syvälle miehen tummiin silmiin ja enemmän kuin mitään muuta hän olisi halunnut ottaa miehen syleilyynsä. Jostain syystä mies vaikutti häneen valtavan voimakkaasti. Hän tunsi suurta yhteyttä mieheen, suurempaa kuin koskaan ennen kenenkään henkilön kanssa. Tämä oli outoa, koska Sirpa näki miehen ensimmäistä kertaa. Silti mies tuntui vanhalta ystävältä - rakastetulta. Oliko hän peräti rakastunut tuiki tuntemattomaan mieheen, jonka oli nähnyt ensimmäistä kertaa viisi minuuttia sitten? Olisiko sittenkin syytä palata kaupunkiin, tässähän alkoi pää seota, Sirpa ajatteli kulkiessaan polkua pitkin kotiaan kohti.

Hän vilkaisi vielä taakseen. Valo mökissä oli sammunut. Ehkä mies meni nukkumaan väsymystään pois. Sirpa päätti tulla huomenna katsomaan, miten mies jaksoi.

Leevi oli jo ovella, kun Sirpa palasi mökilleen.

- Leevi-kulta, täällä sinä olet.

Sirpa halasi koiraa ja koiran tummissa silmissä pilkahti. Se näytti myöskin iloiselta. Pitkästä aikaa Sirpasta tuntui, että hänellä oli jotain odotettavaa huomiselta.

Aamulla Sirpa lähti käymään kirjastossa. Työt olivat edenneet mainiosti ja hän oli edellä aikataulusta. Leevi lähti tuttuun tapaansa mukaan kauppareissulle. Sirpa päästi Leevin ulkoilemaan käväistessään vielä kelloliikkeessä. Herätyskellosta oli patterit loppu.

- Odota tässä, tulen pian.

Kellokauppiaspariskunnalla riitti juttua. Sirpa nauroi miehen tarinoille ja kauppiaan rouva tarjosi Sirpalle jopa kahvit. Täällä asiakkaita palveltiin todella hyvin, Sirpa tuumi. Milloin kaupungissa olisi saanut kaupan päälle vielä seurapiirikatsauksen ja kahvit.

Kun hän vihdoin tuli ostoksineen kaupasta ulos, hän oli pyörtyä nähdessään ulkona odottavan näytelmän. Se oli kuin suoraan jostain kauhuelokuvasta, Manaajasta. Hänen autonsa luona oli taas sama vanha eukko, Ängeslevän noita, tuijottamassa Leeviä silmiin. Nainen mumisi jotain merkillistä ja heitteli Leevin päälle harmaalta tuhkalta näyttävää ainetta. Leevi istui paikoillaan, kuin noiduttuna. Ihan kuin nainen olisi taikonut koiran, huumannut hirveillä aineillaan. Raivon vallassa Sirpa ryntäsi autolleen ja tönäisi naisen pois koiransa kimpusta.
- Mikä hitto sinua vaivaa, kun et osaa pysyä erossa minun koirastani? Pitääkö minun soittaa poliisille?
Sirpa oli järkyttynyt ja peloissaan. Sydän hakkasi rinnassa valtavasti. Aikoiko nainen myrkyttää Leevin?

Koira ravisteli turkkiaan, kuin olisi herännyt pitkästä unesta. Se katseli ympärilleen ja huomasi vanhan naisen. Se meni eukon luo ja nuolaisi tätä kädestä. Eukko hymyili ja taputti Leeviä. Sirpa ei ollut uskoa silmiään. Tuo noita oli vietellyt hänen koiransa. Jollain taikakeinoilla nainen oli saanut eläimen puolelleen. Sirpaa alkoi raivostuttaa entistä enemmän.
- Tule Leevi, lähdetään. Ja jos vielä ikinä näen sinut kiusaamassa koiraani, usutan poliisit kimppuusi. Saavat viedä sinut vaikka putkaan!
Sirpa komensi Leevin autoon. Leevi vilkaisi mummoa ja hyppäsi etuistuimelle. Sirpa paiskasi oven kiinni. Hän oli hyvää

vauhtia menossa istumaan kuskin puolelle, kun kuuli naisen puhuvan.

- Enhän mie millään pahalla, koitan vain auttaa teitä molempia, vanha nainen narisi kolkolla äänellä.

Sirpa ei vastannut. Siihen hän oli liian vihainen. Vai auttaa? Kukahan tässä apua tarvitsi? Eiköhän apua tarvitse tuollaiset avohoitopotilaat, jotka saivat kulkea vapaana kunnon ihmisiä kiusaamassa. Tästä pitäisi kirjoittaa vaikka yleisönosastoon. Kuka tietää, vaikka olisi vaarallinen tuollainen höyrähtänyt eukko.

Sirpa kaasutteli kylän läpi hiukan tarpeettomankin kovalla nopeudella. Hän halusi päästä kotiin ja pian. Hänen olisi pakko päästä kertomaan uutiset Leevistä ja noitanaisesta mökin miehelle, Leeville. Eiköhän häntä kiinnosta koiransa kimppuun hyökännyt nainen ja tämän oudot tarkoitusperät.

Sirpa ei malttanut ajaa kotiin, vaan jatkoi matkaansa suoraa metsätielle. Hän jätti autonsa tien päähän ja lähti polkua pitkin jalkaisin. Puolijuoksua Sirpa olikin pian mökin ovella. Leevi jäi odottamaan kauemmaksi.

- Tule nyt vaan Leevi. Mennään katsomaan, miten isäntäsi voi.

Kukaan ei vastannut oveen koputukseen. Odottamatta kauempaa Sirpa avasi oven ja meni sisään. Pettymys oli suuri, kun Sirpa huomasi mökin olevan tyhjä. Jopa vaatteetkin olivat tällä kertaa poissa. Mökin viileydestä Sirpa päätteli, että talo oli ollut tyhjillään eilisillasta lähtien. Oliko mies sittenkin lähtenyt lääkäriin illalla?

Pettymyksestään huolimatta Sirpa oli iloinen, että mies oli hakeutunut hoitoon. Ehkä hän parannuttuaan tulisi taas mökille - kenties tapaamaan Sirpaa ja Leeviä. Ja Sirpahan oli luvannut pitää Leevistä huolen miehen ollessa poissa.

Sirpa palasi kotiinsa oudon surullisena. Hän oli toivonut näkevänsä mysteerimiehen, Leevin. Miehen tummat silmät ja kiharat hiukset kummittelivat hänen mielessään. Hän yllätti itsensä muistelemasta miehen vahvoja käsivarsia ja lihaksikasta vartaloa. Surulliset kasvot saivat Sirpan toivomaan, että voisi ilahduttaa miestä jotenkin.
- Minä olen kuin teinityttö! moitti Sirpa itseään.

Eihän hän tiennyt miehestä yhtään mitään. Tämä voisi olla naimisissa. Kenties miestä odotti Lapissa kaksitoista lasta ja vaimo. Voisiko naisen vaisto pettää niin pahasti? Sirpa oli tuntenut poikkeuksellisen vahvasti miehen läheisyyden. Hänellä oli ikävä miestä.

8

Sirpa ei palannut mökille enää. Hän uskoi mysteeri-miehen tulevan luokseen, jos niin olisis tarkoitettu. Kylällä käydessään hän ei päästänyt Leeviä silmistään. Noita ei yllät-täisi häntä enää toista kertaa. Hän oli luvannut huolehtia Leevistä, ja sen hän myös tekisi.

Hän kutsui postissa työskentelevän iloisen nuoren naisen kylään ja tämä otti kutsun vastaan ilomielin.

- Tällä kylällä ei tapahtumia ole ollenkaan liiaksi...

Naiset nauroivat. He sopivat tapaavansa Sirpan talolla kello kuusi. Sirpa lupasi laittaa ruokaa ja keittää kahvia. Tulossa olisi varmasti mukava ilta.

Hiukan ennen kuutta kaikki oli valmiina. Uunista levisi tu-paan herkullinen tuoksu. Toivottavasti Sirpan uusi ystävä Meri pitäisi kreikkalaisesta ruuasta.

Sirpa oli kattanut pöytään parhaimmat astiansa. Mitään kovin hienoa hän ei omistanutkaan, mutta ainakin lautaset olivat samaa paria. Jääkaapissa oli valkoviiniä jäähtymässä. Meri oli luvannut tulla kävellen, joten pari lasillista voisi nauttia vii-niäkin. Sirpa oli jo siemaillut viiniä muutaman lorauksen testatessaan, voisiko viiniä vieraalle tarjota. Se maistui hyvältä ja Sirpa tunsi olonsa rentoutuneeksi ja hyväntuuliseksi. Tasan kello kuusi Leevi nousi ja meni ovelle.

- Ahaa, saapuuko vieraamme? Sirpa iloitsi ja meni hymyssä suin ovelle.

Hän avasi sen aurinkoisesti hymyillen.

Oven takana ei kuitenkaan seisonut Meri, vaan siellä oli Ängeslevän noita - vanha eukko kylästä. Nainen näytti, jos mahdollista, vieläkin pelottavammalta näin pimeässä. Silmät syvällä ryppyisissä kasvoissa olivat kuin suoraan pimeyden valtakunnasta. Ne hehkuivat kuin hiilet valkoisista kasvoista. Enempää noidalta ei kukaan voisi enää näyttää. Puuttui vain musta kissa ja kahvipannu luudan varresta. Luuta tai joku kepukka tällä naisella olikin mukanaan. Toisessa kädessä hän piteli jotain pussia.

Sirpa ei järkytykseltään ensin saanut sanaa suustaan. Hän pelästyi kuollakseen. Hän vilkaisi nopeasti, missä Leevi oli. Koira pysyi hänen takanaan ja heilutteli hiljalleen häntäänsä. Mikä tuota koiraakin vaivasi? Se ei näyttänyt pelkäävän noitaa ollenkaan - päinvastoin, se käyttäytyi kuin nainen olisi vanha tuttu.

- Mitä minä sanoin silloin viimeksi! Sirpa huusi täyttä kurkkua. - Soitanko poliisit?

Sirpa oli niin raivoissaan ja peloissaan, että tärisi. Jos ei nainen olisi ollut niin vanhan ja heikon oloinen, Sirpa olisi varmaan hyökännyt tämän kimppuun.

Joku hymyntapainen ilmestyi naisen ryppyiseen suuhun. Yrittikö tämä rauhoittaa Sirpaa.

- Älähän sie tyttökulta nyt kiihdy, haluan vain auttaa teitä.

Nainen katsoi Leeviä Sirpan takana.

- Mutta kuule. Kun me ei tarvita sinun apuasi, ei sitten ollenkaan! Sirpa tokaisi ja yritti vetää ovea kiinni naisen nenän edestä.

Nainen työnsi varsiluudan oven väliin.

- Älä sie tyttö hoppuile.

Sirpaa alkoi pelottaa. Nainenhan oli ilmiselvästi hullu. Tosin Sirpa luultavasti pärjäisi noin heikolle mummolle, jos syntyisi tappelu. Entä jos tällä olisi pussissaan jotain myrkkyjä? Sellaistahan se heitteli Leevinkin päälle silloin kylällä.

- Olisi parasta, että häivyt nyt vähän äkkiä, Sirpa sanoi tiukasti.

- Anna mie parannan Leevin.

- Leevissä, kun ei ole mitään vikaa!

- Anna nyt mie parannan, mie osaan.

Sirpa otti vauhtia ja potkaisi luudan oven välistä. Sitten hän kiskaisi oven kiinni. Hän huohotti ja nojasi oveen. Hän kuunteli, mutta oven takaa ei kuulunut mitään. Oveen ei kolkutettu, eikä nainen pyrkinyt sisään. Hän ei puhunut oven takana. Tästä olisi pakko ilmoittaa jollekin. Jos tuollainen kylähullu sai liikkua vapaana ja pelotella ihmisiä heidän kotiovellaan, se oli poliisiasia.

Oveen koputettiin. Sirpa hätkähti. Oliko nainen sittenkin jäänyt oven taakse odottamaan?

- Hei avaa ovi, Meri täällä!

Meri. Sirpa oli jo ehtinyt unohtaa koko päivälliskutsun. Hän avasi oven ja hymyilevä Meri astui sisään.

- Anteeksi, että olen myöhässä. Jäin odottamaan kyytiä naapurin mieheltä. Hän lupasi tulla hakemaankin. Ei kai haittaa? Ainakin hyvät tuoksut täältä tulee…

Meri lopetti pulinansa, kun huomasi, että Sirpa oli järkyttynyt. Hän vakavoitui ja kysyi:

68

- Mikä on? Tulinko pahaan aikaan? Onko sattunut jotain? Kotiväelle?

- Ei mitään sellaista. Tule istumaan. Otetaan viinilasilliset. Olen totisesti nyt sen tarpeessa.

Sirpa meni keittiöön, otti jääkaapista pullon ja kaatoi heille molemmille lasiin viiniä. Sirpa kulautti oman juomansa kerralla alas.

- Kerro nyt jo, Meri sanoi malttamattomana.

- Ängeslevän noita oli täällä. Tuossa minun oveni takana aivan äsken. Oikeastaan ihmettelen, ettet nähnyt häntä tänne tullessasi.

- En minä nähnyt ketään. Edes matkalla ei tullut ketään vastaan, Meri kertoi.

- Tuossa se seisoi ja tuijotti niillä hirveillä silmillään suoraan lävitseni, Sirpaa puistatti vieläkin, kun hän muisti naisen katseen.

Meri oli hiljaa. Hän katsoi Sirpaa tiukasti.

- Mitä hän sanoi sinulle?

- Miten niin sanoi? Ei kai sellaisen hullun sanomisista kannata välittää. Ihan mielipuolihan se nainen on. Poliisille meinasin soittaa ja soitankin, jos se vielä ilmestyy tontilleni.

- Mitä hän sanoi sinulle? Meri kysyi taas ja katsoi tiukasti Sirpaa silmiin.

- Sanoi haluavansa auttaa. Meitä. Minua ja Leeviä?

Sirpa huomasi itsekin, miten järjettömältä se kuulosti. Vain vähäjärkinen henkilö saattoi sanoa jotain tuollaista. Sirpa naurahti hermostuneesti ja katsahti Meriin. Meri ei nauranut.

Sitä vastoin Meri käänsi katseensa Leeviin. Leevi kuunteli heidän puhettaan tarkkaavaisena. Sirpa katsoi koiraa ja Meriä ja tunsi jäävänsä nyt jostain ulkopuolelle. Ihan kuin nämä kaksi olisivat tienneet jotain, mistä hänellä ei ollut aavistustakaan.

- Ehkä sinun kannattaisi antaa hänen auttaa teitä, Meri sanoi hiljaa.

Sirpa ei uskonut korviaan. Hän oli luullut, että Meri sentään oli järkevä ihminen. Ja nyt paljastui, että tämäkin oli taikauskoinen hörhö, joka uskoi satuihin. Tämäpä vasta yllätys.

- Et voi olla tosissasi, sanoi Sirpa. Mitähän apua me Leevin kanssa sitten tarvittaisiin? Siivousapua, seuralaispalveluita vai lenkkiseuraa?

Meri ei sanonut mitään. Hän katsoi vielä Leeviä ja taputti tätä hellästi.

- Aika ei ole ihan kypsä vielä. Sinä ymmärrät joku päivä, mitä tarkoitan, Meri sanoi ja piristyi äkkiä. - Missäs sitä ruokaa on? Alkaa olla jo kiljuva nälkä.

Koska Meri näytti olevan haluton jatkamaan keskustelua noidasta, Sirpa tarjosi ruuan. He ottivat lisää viiniä ja juttu alkoi luistaa mukavasti. Pian he jo nauroivat iloisina.

Kun he istuivat kahvikupit kädessään ruuan jälkeen, Sirpa aloitti:

- Kuule Meri. Paljastan nyt yhden jutun, mitä en ole kertonut vielä kenellekään. En edes Piialle.

Sirpaa nauratti jo etukäteen.

- Olen nimittäin tavannut miehen, mahtavan miehen. Täällä näin, teidän kylällä.

- Älä ihmeessä? Baarissako? Meri oli utelias.

- Ei, ei baarissa. Tämä on niin outo juttu kaiken kaikkiaan. Tuntuu, että kohtalollakin on sormensa pelissä. Mutta mies on aivan ihana: lihaksikas, tumma adonis, tummat silmät ja ruskea tukka, Sirpa kikatti kuin tytönheitukka.

- Ai jaa. Meri näytti miettivän, kuka se voisi olla. -Ei se ainakaan Tahkolan Pertti ole, koska hän on kalju.

- Ei ole Pertti.

- Hinkkasen Unskilla on vaaleat hiukset - ja hän on melkein viisikymmentä?

- Luoja paratkoon, Meri. Ei ole Unski.

- Kivistön Tapsalla on vaimo ja lapsia. Et kai häneen ole iskenyt silmiäsi?

- En tietenkään. Vaikka Tapsa on hurjan mukava mies. Kävin heillä pari viikkoa sitten. Lupauduin jopa lapsenvahdiksi tarvittaessa. Kivoja lapsia.

- Sitten en tiedä, Meri sanoi. - Loput taitavat olla eläkeiässä olevia papparaisia.

Sirpa myhäili itsekseen. Olipa mennyt Meriltäkin ohi tämä namupala. Sirpan vatsanpohjaa kutitti mukavasti, kun hän muisteli sähköistä tunnelmaa mökissä. Sielunsa silmin hän näki vieläkin edessään salaperäisen komistuksen. Kunpa hän saisi upottaa sormensa miehen paksuun tukkaan, pyöritellä sormiaan hänen pehmeissä kiharoissaan, pörröttää kiehkuroita.

- Lopeta tuo idioottimainen hymyileminen ja kerro jo! Meri
nauroi.

- Leevi! Sirpa kajautti ihastuksensa nimen.

Meri singahti sohvasta ylös. Leevi alkoi haukkua, mitä se ei
ollut tehnyt sisällä koskaan aikaisemmin. Sirpa pelästyi ja
pudotti kahvikuppinsa lattialle. He seisoivat hetken toisiaan
tuijottaen. Leevi lopetti haukkumisen ja katsoi vuoroin Me-
riä, vuoroin Sirpaa. Se näytti levottomalta.

- Mikä sille tuli, sai Sirpa ensin sanottua.

Meri katsoi koiraa, joka näytti melkein häpeävän äskeistä
käytöstään. Se riiputti päätään ja katseli naisia alta kulmien.
Meri kumartui koiran puoleen. Hän otti koiran pään käsiensä
väliin ja katsoi tätä silmiin tarkasti.

- Leevi?

Koira pyristeli irti Merin otteesta ja painui keittiön pöydän
alle. Se vingahti ja pysyi piilossa.

Sirpa katsoi tapahtumia hämmentyneenä.

- Pelästyikö se, kun huusin Leevi? Sirpa sanoi epävarmasti.

Tapahtumat näyttivät tosi oudoilta. Äskeinen iloinen tun-
nelma oli tipotiessään. Tilalla oli jotain painostavaa, mitä
Sirpa ei ymmärtänyt. Merikin käyttäytyi kummallisesti. Sir-
paa alkoi melkein pelottaa. Ensin noita ja sitten tällainen
välikohtaus. Ja hän kun vain oli niin hurjan iloinen, kun oli
tavannut upean miehen, johon haluaisi tutustua lähemmin.

Meri huomasi, että Sirpalla oli melkein itku tulossa. Hän tarttui Sirpaa kädestä ja istutti tämän takaisin sohvalle. Hän haki keittiöstä lisää kahvia. He istuivat kahvia juoden, kun Meri kysyi:

- Missäs sinä tämän adoniksen oikein tapasit?

Sirpasta alkoi tuntua, että hänen ei pitäisi puhua koko asiasta enää yhtään. Ja olihan juttu kummallinen. Aina merkillisemmältä se kuulosti, kun sitä alkoi pukea sanoiksi. Sirpa alkoi tuntea itsensä tosi hölmöksi.

- Tuossa parin kilometrin päässä on tyhjä mökki. Mikä lie erämökki tai vanha asumus. Löysimme sen Piian kanssa ihan vahingossa, kun olimme lenkillä. Näyttää siltä, että siellä asuu Leevin oikea omistaja, Leevi Kokko.

Merin kädet alkoivat täristä. Sirpa huomasi, kun kahvikuppi alkoi kilistä ja Meri laski kupin nopeasti pöydälle. Meri yritti tapailla jotain hymyntapaista, mutta Sirpa huomasi, että hän oli poissa tolaltaan.

- Oletko sinä nyt aivan varma, että siellä tosiaan asui joku? Se mökki on ollut asumattomana jo vuosikymmeniä, niin kauan kuin minä muistan. Jospa se oli vain joku metsämies pitämässä sadetta tai jotain...

- Niin, ehkä.

Sirpa oli pettynyt Merin asenteeseen. Miksi hän yritti mitätöidä koko tapahtuman?

- Tuskin kukaan muuttaisi sellaiseen lahoon mökkiin, varsinkaan näin talvella?

- Aivan.

Molemmat naiset istuivat hiljaa. Sirpa huomasi, että kaikki ei ollut kunnossa. Meri oli jostain syystä järkyttynyt hänen kerrottuaan miehestä ja mökistä. Sirpa oli ajatellut Merin olevan iloinen hänen puolestaan, kun hän oli saanut elämäänsä jotain muutakin ajateltavaa kuin epäonnistunut suhde Mikan kanssa.

- Kuule, taidan tästä lähteä jo kotiin päin. On ollut pitkä ilta, Meri lähti soittamaan kyytiä itselleen.

Sirpa ei voinut olla huomaamatta, että Merillä oli kyyneliä silmissään. Hän yritti peittää niitä ja hymyili urheasti, mutta Sirpa huomasi silti. Koska Meri näytti olevan haluton puhumaan asiasta, hän ei alkanut udella enempää. Hienotunteisesti Sirpa saattoi Merin ulos. He lupasivat tavata pian uudelleen ja Meri kutsui Sirpan vuorostaan omaan kotiinsa iltaa istumaan.

Sirpa laski Leevin ulos varmistettuaan, ettei kutsumattomia vieraita näkynyt pihapiirissä. Hän ei olisi jaksanut taistella enää noitia vastaan tässä vaiheessa iltaa. Merin käytöskin oli jäänyt häiritsemään. Mikä ihme hänelle oli tullut? Tämä oli omituinen kylä.

Mukava ilta kaiken kaikkiaan silti. Sirpalla ei ollut paljon ystäviä uudella kotipaikallaan ja Meri tuntui todella mukavalta ja hauskalta naiselta. Ehkä tutustuttuamme paremmin hän kertoo, mikä sai hänet noin pois tolaltaan tänä iltana. Oliko Merillä ollut joskus Leevi-niminen poikaystävä, josta oli jäänyt huonot muistot? Ehkä seuraavalla kerralla tavatessamme selviäisi lisää asiasta. Sirpa sammutti valot ja meni nukkumaan.

9

Sirpa heräsi yöllä outoon tunteeseen. Hän vilkaisi kelloa. Se oli puoli kolme. Vielä saisi nukkua monta tuntia. Vaikka mitäs väliä hänellä oli, voisihan hän alkaa tehdä töitä keskellä yötäkin. Oliko hän herännyt painajaiseen? Illan tapahtumat olivat olleet hyvinkin mieltä kuohuttavia, ei olisi ihme, vaikka ne häiritsisivät untakin.

Sirpa nousi ylös ja lähti keittiöön. Lasillinen vettä voisi rauhoittaa hermoja ja hän saisi taas unenpäästä kiinni. Päätäkin jomotti. Olikohan sittenkin viiniä tullut nautittua liikaa? Hän otti lääkekaapista särkylääkkeen ja nielaisi sen veden kanssa. Kuu valaisi pihamaan. Kyllä talvimaisema on sitten kaunis, ajatteli Sirpa mielissään. Puhdas lumi ja tähtitaivas, pikkupakkanen, kyllä maalla oli ihanaa.

Äkkiä Sirpa tajusi, ettei Leevi ollut makoillut tavallisella paikallaan kamarin oven edessä. Missä se koira oli? Vieläkö se kyyhötti häpeissään keittiön pöydän alla? Sirpa kyykistyi, mutta pöydän alla ei ollut ketään. Sirpa huusi Leeviä. Kutsui keittiössä ja kamarissa, kuistilla ja tuvassa, mutta koiraa ei ilmestynyt mistään.

- Niin suuri otus ei mahdu kovin pieneen tilaan, Sirpa päätteli.

Levottomana hän meni ulko-ovelle. Hän käänsi raskasta avainta lukossa ja sai oven auki. Oliko mahdollista, että hän oli unohtanut Leevin illalla ulos? Ei hän muistanut niin humalassa olleensa. Yhdessä he olivat käyneet illalla ulkona, tulleet sisään, laittaneet oven lukkoon ja käyneet nukkumaan. Sirpa muisti tämän aivan selvästi.

Ja nyt Leevi oli kuitenkin poissa. Sirpa kiersi pihaa ja huuteli Leeviä. Ei merkkiäkään koirasta. Kuun kelmeä valo teki varjoja piharakennuksien nurkkiin, mutta yksikään varjoista ei kuulunut hänen koiralleen.

Sirpalle tuli kylmä ja hän meni takaisin sisälle. Neuvottomana hän seisoi tuvassa. Keskellä yötä tuskin voisi tehdä mitään, paras yrittää nukkua hetken ja alkaa etsiä Leeviä vasta aamulla. Hän palasi sänkyynsä ja pakotti silmänsä kiinni. Kohta hän vaipuikin levottomaan uneen.

Sirpa heräsi aamulla armottomaan migreeniin.

- Pakko lopettaa viinin juominen...

Hän piteli päätään ja meni suoraan lääkekaapille. Onneksi hän oli hankkinut lääkkeitä varastoon.

Hän meni sohvalle makaamaan ja odottamaan lääkkeen vaikutusta. Siinä samassa hän muisti – Leevi! Leevi oli ollut yöllä ulkona. Miten se oli sinne joutunut, oli mysteeri. Sirpa muisti ottaneensa sen sisälle. Hän säntäsi pystyyn vihlovasta kivusta huolimatta. Hän oli kuolla huolesta. Sitä oli lähdettävä etsimään nyt heti, oli pää kipeä tai ei. Etsintäpartio täytyi hälyttää, poliisille piti soittaa...

Sirpa ei ehtinyt saada ajatustaan loppuun, kun näki jotain hämmästyttävää: Leevi löntysteli häntä vastaan keittiöstä, haukotellen ja venytellen. Se heilautti laiskasti häntäänsä ja sipaisi Sirpan kättä. Sitten se asettui makuulle kamarin oven eteen, aivan niin kuin sen tapana oli.

- Leevi! Sirpa katsoi koiraa silmät selällään.

Miten koira oli päässyt sisään? Hän meni juoksujalkaa ovelle. Ovi oli edelleen lukossa, painava avain paikoillaan. Sirpa kiersi avainta lukossa ja avasi oven. Mikään maailman sirkuskoirakaan ei saisi tällaista painavaa ja konstikasta avainta käännettyä vanhassa ruosteisessa lukossa - se oli aivan varma.

Miten koira oli päässyt ulos? Yöllä Sirpa ei ollut nähnyt koiraa talossa. Jotenkin se oli ulos itsensä keinotellut. Mutta ei ainakaan ovesta. Ei myöskään ikkunasta.

Sirpa alkoi epäillä koko juttua. Olisiko hän nähnyt unta? Hän ryntäsi eteiseen ja otti esiin aamutohvelinsa. Ne olivat aivan märät. Hän oli kävellyt niillä yöllä ulkona, se oli varmaa. Keittiössä oli vielä lasi, josta hän oli juonut vettä ottaessaan särkylääkkeen. Nuo asiat olivat ainakin tapahtuneet oikeasti. Mahtoiko hän kävellä unissaan? Hänen täytyi olla kuvitellut koko juttu. Leevi oli ollut varmaan koko ajan omalla paikallaan kamarin edessä, Sirpa vain ei muistanut sitä. Yöllä mielikuvitus saattoi tehdä kepposia. Päänsärky pelkästään voi luoda vaikka minkälaisia hallusinaatioita.

Sirpa asettui takaisin sohvalle ja päätti unohtaa koko jutun. Ehkä yksin asuminen vanhassa mökissä sai aikaan tällaista - tai liika viinin litkiminen. Sirpa nukahti lääkkeen armahtaessa pian hänet kivuistaan.

Herätessään Sirpa tunsi itsensä sekä pirteäksi että terveeksi ja sai paljon aikaan työrintamalla. Hän voisi jo huomenna palauttaa käsikirjoituksen ja samalla voisi käydä tervehtimässä Meriä postilla. Ehkä saamme sovittua tapaamisen. Sirpa odotti jo innolla uuden ystävänsä kodin näkemistä.

He kävivät Leevin kanssa pienellä lenkillä ennen lounasta. Sirpa alkoi laittaa ruokaa, kun kuuli auton ajavan pihaan. Sirpa ei odottanut vieraita tänään. Veikkokin kävi jo toissapäivänä ja naapurin isäntä lupasi tuoda lapset kylään vasta huomenna.

Sirpa meni kurkkaamaan kuistin ikkunasta. Tummansininen auto ei näyttänyt tutulta. Se oli suuri ja kiiltävä. Paljon ei Sirpa autoista tiennyt, mutta tuo näytti hienolta ja kalliilta. Tuskin äitikään olisi sijoittanut rahojaan autoon. Matkustelu ja vaatteet veivät hänen rahansa - ja samalla myös isän rahat, Sirpa hymähti.

Leevi alkoi murista ovella. Sen matala kumea ääni olisi pelottanut luultavasti mahdollisen rosvon tiehensä.

- Hiljaa poika. Katsotaan, kuka siellä on. Jos se on vaikka pölynimurikauppias? Eikö täällä maalla kulje kaikenkarvaisia kauppiaita silloin tällöin oven takana? Sinun kanssasi minä en pelkää edes rosvoja, Sirpa sanoi Leeville ja avasi oven.

Hän pysähtyi niille sijoilleen. Sirpan sydän alkoi hakata miljoona kertaa minuutissa. Posket punehtuivat. Hän joutui ottamaan tukea eteisen seinästä, niin suuri yllätys ulkona odotti.

- Mika!

Mika seisoi auton vieressä yhtä komeana kuin ennenkin. Tyylikäs ulsteri oli rennosti auki ja alta pilkotti mittatilaustyönä tehty hyvin istuva puku. Vaaleat hiukset oli muodikkaasti leikattu ja valloittava valkoinen hammasrivistö tuli esiin Mikan tervehtiessä Sirpaa.

- Sirpa. Hauska nähdä pitkästä aikaa.

Mika tuli lähemmäksi ja Sirpaa heikotti. Aikoiko hän tulla halaamaan? Tai peräti suudella? Sirpa perääntyi Mikan edellä kuistille ja kompastui takanaan seisovaan Leeviin, joka edelleen murahteli hiljakseen.

Mika kohotti kulmiaan, mutta ei sanonut mitään. Hän vain hymyili maailmanmiehen elkein ja tuli Sirpan perässä taloon sisälle. Leeviä Mika ei ollut huomaavinaankaan, vaikka moni muu olisi edes kysynyt "onko koira vihainen". Suuri koira murisi Mikan lahkeen vieressä, mutta tämä ei ollut moksiskaan. Sirpan oli pakko ihailla Mikan pokkaa.

Sirpa pyysi Mikan istumaan.

- Ottaisitko keittoa? Olemme juuri Leevin kanssa laittamassa ruokaa.

- Kiitos, mielelläni. Olenkin juuri tulossa kokouksesta ja lounas on vielä syömättä.

Leevi oli lopettanut murinansa, mutta tuijotti Mikaa herkeämättä. Sirpan mielestä Leevin käytös oli omituista. Sehän oli aina ystävällinen kaikille ihmisille, jopa Ängeslevän noidalle, ajatteli Sirpa harmissaan. Miksi ihmeessä se murisi Mikalle? Eihän koira ollut koskaan edes nähnyt tätä.

Sirpa laittoi keiton pöytään ja he söivät hiljaisuuden vallitessa. Vaivihkaa Sirpa vilkaisi Mikan nimettömään. Siinä kimmelsi suuri kultainen sormus, ei varmastikaan mikään halvin malli. Sirpa tunsi ikävän pistoksen sydämessään. Miksi Mika oli tullut tänne? Taas kaikki ikävät asiat palasivat mieleen.

Keskustelu oli jäykkää. Kohteliaasti Sirpa kyseli kaupungin kuulumisia. Hiljaisuus olisi ollut liian painostava ja toisaalta oli mukava kuulla uutisia vanhoista tuttavista. Muutama pari oli eronnut, joku oli raskaana ja yksi oli muuttanut ulkomaillekin. Näistä tuttavista kukaan ei ollut ottanut yhteyttä Sirpaan heidän erottuaan Mikan kanssa.

- Mene istumaan tuvan puolelle. Laitan kahvit.

Sirpa halusi päästä Mikan silmien alta pois hetkeksi. Läheisyys oli painostavaa. Istuessaan Mikan vieressä häntä poltteli tuttujen silmien katse. Mikan vihreät silmät olivat lumoavat, Sirpa vältteli katsomasta niihin.

Sirpa laittoi kahvin porisemaan ja otti lasillisen vettä. Hän viilensi kuumaa otsaansa kylmällä lasilla ja henkäisi pari kertaa syvään.

- Rauhoitu, nainen, hän käski itseään. Tuo mies on aiheuttanut sinulle niin paljon sydänsuruja ja mielipahaa, että sinulla ei juurikaan ole syytä olla mielissäsi hänen näkemisestään.

Leevi oli seurannut Mikaa tupaan ja tuijotti häntä nyt sohvalla.

- Olet sitten ostanut koiran? Mika viimein kommentoi Leeviä.

- Niin. Tai se oikeastaan tuli tänne vähän vahingossa. Se on ikään kuin hoidossa täällä, selitti Sirpa.

- Ei se ainakaan mikään rotukoira ole. Ruma kuin mikäkin, Mika tuijotti Leeviä takaisin.

- Joo, en tiedä rodusta. Mukava koira silti. Tottelee ajatustakin, Sirpa naurahti.

Ehkä se on yksinäiselle naiselle jonkinlainen turva, Mika sanoi, nousi ja tuli keittiöön Sirpan luo.

Sirpa laittoi kahvikuppeja tarjottimelle ja aisti takanaan seisovan miehen joka solullaan. Voi, miten hän oli kaivannutkaan Mikaa. Hän tunsi sen vahvasti. Jos mies tarttuisi häneen nyt ja alkaisi suudella häntä, tuskin hän pystyisi vastustelemaan. Kihlatut Karlat ja pettämiset unohtuisivat sillä silmänräpäyksellä, kun Mikan silmät uppoutuisivat Sirpan silmiin ja hän tuntisi tutut käsivarret ympärillään. Hän melkein jo odotti pehmeää kosketusta.

Leevi oli tullut Mikan perässä keittiöön. Sen murina yltyi ja koira paljasti ylähampaansa. Se tuijotti suoraan Mikaan. Mikan rohkeus alkoi horjua.

- Eikö tuota koiraa voisi laittaa pihalle. Sehän on peto.

Sirpa katsoi Leeviä kummissaan.

- Leevi. Mitä nyt? Miksi muriset?

Leevi lopetti murinan heti ja katsoi Sirpaa kuin sanoen, etkö ymmärrä?

- Ole kiltti nyt hiljaa äläkä käyttäydy huonosti, Leevi-kulta. Menisitkö ystävällisesti vaikka kamariin maata?

Sirpa puhui Leeville hiljaa ja taputti tätä vielä hellästi päälaelle. Leevi vilkaisi vielä varoittavasti Mikaa ja painui sitten peitolleen makaamaan.

- Tuollaiset koirat pitää laittaa kuriin raipalla, Mikaa suututti, kun oli pelästynyt Sirpan nähden.

- Ei Leeviä voi rankaista, sehän tottelee kuiskaustakin, etkö huomannut?

Mika oli tosiaan huomannut Sirpan ja koiran erikoisen suhteen. Näytti aivan siltä, kuin koira olisi ymmärtänyt Sirpan puhetta. Miksi se sitten mulkoili tuolla tavoin? Mika näki koiran ensimmäistä kertaa. Eihän hän ollut ehtinyt edes tehdä koiralle mitään pahaa. Liekö luonnevikainen koko koira. Sirpaa täytyi varoittaa. Koirat voivat olla arvaamattomia. Pieni hento nainen, kuten Sirpa, ei mahtaisi tuollaiselle roikaleelle mitään, jos se päättäisi hyökätä.

- Oletko yrittänyt ottaa selville koiran oikeaa omistajaa? Mika katseli lattialla makaavaa Leeviä.

Olihan se kieltämättä komea koira.

- Kyllähän minä, Sirpa sanoi varovasti.

Jostain syystä hän oli haluton kertomaan Leevi Kokosta Mikalle. Hän ei halunnut paljastaa, että hän tunsi jotain tätä salaperäistä miestä kohtaan. Mika nauraisi hänelle, jos tietäisi koko totuuden. Eihän hän ollut nähnyt miestä kuin kerran. Parempi pysyä hiljaa. Sirpa yritti muuttaa puheenaihetta. Mika oli turvallisesti taas pöydän toisella puolella eikä Sirpan tarvinnut pelätä joutuvansa kiusaukseen.

- Niin... Kuulin, että menette naimisiin Karlan kanssa?

Nyt oli Mikan vuoro punastua. Hän häkeltyi silmin nähden.

- En minä tiedä, tuleeko siitä mitään ollenkaan.

Sirpa hämmästyi. Miksi ei tulisi, olihan Mika jättänyt Sirpankin tämän uuden rakkauden vuoksi. Puhumattakaan Karlan isäpapan miljoonista ja paikasta tehtaan toimitusjohtajana.

- Mitä tarkoitat? Sirpa kysyi.

Olihan hän hiukan utelias kuulemaan, miten pariskunnalla meni. Mika katsoi Sirpaa syvänvihreillä silmillään, tarttui Sirpan käteen ja Sirpaa heikotti. Onneksi oli sentään keittiönpöytä välissä.

- Minä en ole onnellinen Karlan kanssa, Mika sanoi kiihkeästi.

Leevi nousi paikaltaan ja tuli hitaasti heitä kohti. Sirpa vilkaisi siihen ja se pysähtyi, mutta jäi seisomaan heidän taakseen.

Miten helppoa olisikaan antaa mennä, antautua taas tunteen vietäväksi, antaa itselleen luvan rakastua jälleen Mikaan, Sirpa ajatteli ja hetken Sirpa harkitsi niin tekevänsä. Leevin kova haukahdus herätti hänet ruususenunestaan. Hän veti kätensä irti Mikan otteesta ja nousi ylös.

- Jospa nyt vaan yrittäisit saada edes sen suhteen toimimaan, kihlat on näköjään jo ostettu. Ei kannata haaskata hyvää tilaisuutta.

Mika nousi ja sanoi:

- Onpa sinusta tullut kylmä ihminen täällä maalla. Vai onko se tuon kirotun koiran syytä? Se taitaa olla niin mustasukkainen, ettei päästä lähellesi ketään miestä.

Lähtiessään Mika sanoi vielä:

- En luovuta. Uskon, että sinulla on edelleen tunteita minua kohtaan. Tulen sunnuntai-iltana käymään. Mieti asioita rauhassa, voimme viettää mukavan illan, kenties yönkin. Mutta hankkiudu herran tähden eroon tuosta piskistä siksi aikaa.

Mika hyppäsi uutuuttaan kiiltävään autoonsa ja kaasutti tiehensä. Sirpa jäi rapulle seisomaan kuin puulla päähän lyötynä. Leevi katsoi häntä niin paheksuen, kuin koiran vain oli mahdollista. Sirpa käänsi katseensa, hän ei kestänyt sen syyllistävää ilmettä. Sunnuntaihin olisi vielä aikaa.

Sirpan oli pakko mennä soittamaan Piialle heti. Hän kyllä arvasi, ettei Piia hyväksyisi Mikan käyntiä, saati että mies oli kenties tulossa yökylään.

- Että mitä se liero ehdotti?! huusi Piia puhelimeen niin kovaa, että Sirpan täytyi työntää puhelinta kauemmaksi korvasta.

- Niin, en minä oikeastaan tiedä… Tuntui pettyneen suhteeseen Karlan kanssa.

- Tuskin se kiipijä on pettynyt miljooniin ja pääjohtajan palliin, huusi Piia toisessa päässä. - Varo nyt, Sirpa, ettet lankea siihen lipevään tyyppiin taas uudelleen.

Sirpa tiesi Piian olevan oikeassa. Tuskin Mika halusi hänestä enempää kuin ehkä rakastajattaren siksi aikaa, kun välit Karlan kanssa olivat kylmät.

- Olet oikeassa. Olen vain niin yksinäinen.

Piia ymmärsi täysin, miltä Sirpasta tuntui. Hän lohdutti tätä ja uskoi Sirpan päätyvän oikeaan ratkaisuun. Jos se tarkoitti Mikan ottamista takaisin elämäänsä, olkoon niin. Ei hän halunnut ystävälleen pahaa, vain että tämä olisi onnellinen.

Sirpa lopetti puhelun helpottuneena. Piia oli hyvä ystävä. Hän ei tuominnut eikä arvostellut. Ihmisillä on heikkouksia. Sirpan heikko kohta oli Mika. Hän oli kenties vieläkin rakastunut, vaikka oli saanut kärsiä paljon miehen petollisuuden takia.

10

Sirpan oli vaikea keskittyä työhön Mikan kasvojen kummitellessa hänen silmiensä edessä. Vähän väliä hän yllätti itsensä haaveilemasta uudesta alusta Mikan kanssa. Entä jos Mika olisikin valmis jättämään Karlan ja kosisi häntä. Sirpan posket punehtuivat mielihyvästä. Ihan varmasti Mika muuttuisi. Tällä kertaa kaikki menisi hyvin. Sirpa tuskin malttoi odottaa sunnuntaita. Sitä ennen olisi vielä tiedossa hauska ilta Merin kanssa. Hän lähtisi nyt heti ja sopisi postilla Merin kanssa sopivan vierailupäivän.

Leevi hyppäsi autoon ja he lähtivät kylälle.
- Älä luulekaan, että päästän sinua ulos autosta, kun pääsemme postille. Ties missä se vanha kaamea noita-akka vaanii. Olen saanut tarpeekseni hänen pelottelustaan. Sinä pysyt autossa.
Leevi vilkaisi Sirpaa eikä näyttänyt vastustelevan. Ehkä eukon tuhkan heittelyt olivat senkin mielestä voimia vievää hupia.

Postilla Meri oli iloinen kuten aina. Noidasta ei puhuttu ja he saivat sovittua vierailuajan.

- Tule huomenna. En malta odottaa, Meri sanoi.

Sirpa oli iloinen. Hän oli toivonutkin pikaista jälleennäkemistä. Heillä oli paljon puhuttavaa. Samanikäisillä naisilla oli paljon yhteistä.

Illalla Sirpa lämmitti saunan. Iho huuruten hän kipaisi saunalta sisälle, otti jääkaapista kylmän oluen ja istui odottamaan illan elokuvaa.

- Leevi kulta. Käytkö ulkona itseksesi, en millään jaksa lähteä lenkille.

Leevi nousi ja lönkötteli ovelle. Näytti siltä, ettei sitäkään huvittanut mennä ulos. Se lähti kuitenkin, kun käskettiin.

- Tulet pian sisään, jooko. Katsotaan yhdessä elokuvaa.

Sirpa meni takaisin sohvalle. Tuvassa oli lämmintä ja tunnelmallista. Hän oli tosiaan alkanut viihtyä täällä. Ehkä hän jäisi tänne kokonaan. Taas Sirpa muisti Mikan. Mika ei kuuna päivänä asuisi tällaisessa mörskässä. He olivat todella eri maata.

Puhelimen ääni yllätti Sirpan ja hän pelästyi kovaa pirinää. Numero sai Sirpan sydämen sykkimään tuplavauhtia. Se oli Leevi. Oliko mies kuitenkin palannut mökille? Vai soittiko hän sairaalasta?

- Haloo, Sirpa puhelimessa.

- Sirpa...

Sirpan henki salpautui, kun hän kuuli Leevin miehekkään äänen. Mika unohtui jonnekin kauas, eihän heistä voinut

puhua samana päivänäkään. Leevi oli aito, koruton, rehelli-
nen, hellä. Mitä asiaa Leevillä oli? Voi, kunpa hän saisi Leevin
vierelleen sohvalle.

- Niin, hyvää iltaa vaan. Voitteko jo paremmin? Sirpa sanoi
asiallisella äänellä ja olisi voinut purra kielensä poikki.

Miksi hän kuulosti näin kylmältä? Nyt Leevi luulisi, ettei
hänellä ollut mielenkiintoa miestä kohtaan. Oikeastaan hän
olisi halunnut pyytää tämän saman tien kotiinsa ja elämäänsä.

- Kyllä. Pidä huoli Leevistä.

Siinä kaikki. Puhelin tuuttasi hänen korvaansa. Mies ei ollut
sanonut mitään muuta kuin, että pidä huoli Leevistä. Sirpasta
ei puolta sanaa. Mies ei ollut kysynyt, mitä Sirpalle kuuluu tai
kuinka koira voi. Sirpa ei edes ehtinyt kysyä, missä Leevi oli ja
joko hän voi paremmin. Puhumattakaan, että olisi kertonut
tälle haluavansa tutustua mieheen paremmin- siis todella
paremmin.

Valtava pettymys melkein musersi Sirpan.

- Olen oikea idiootti! ”Voitteko paremmin”? Oliko se oikea
tapa puhutella miestä, johon on kenties jo ehtinyt rakastua.
Olisinpa edes puhutellut häntä etunimellä. Leevi.

Leevi oli sanonut hänen nimensä. Miten soinnikkaasti se
olikaan tullut Leevin huulilta.

Olisiko mies nyt mökillä? Lähtisikö juoksemaan sinne nyt
saman tien? Hetken Sirpa harkitsi sitä. Mutta miksi mies oli
soittanut, jos olisi paikkakunnalla. Hän oli soittanut Sirpalle

nimenomaan siksi, että halusi varmistaa, että tämä pitäisi huolen hänen koirastaan.

Sirpa meni ovelle katsomaan, joko koira olisi käynyt asioillaan ja olisi tulossa sisään. Hän kaipasi nyt tämän vara-Leevin lohduttavaa seuraa. Pihan perältä näytti Leevi juoksevan ja Sirpa oli iloinen, että hänellä oli edes koira seuranaan. Kenties hän tutustuisi vielä isäntä-Leeviinkin ennen pitkää.

Seuraava päivä kului jännittävän odotuksen vallassa. Hän menisi illalla Merin luo päivälliselle. Sirpa halusi tietää enemmän ystävästään. Hän oli vielä varmistanut, saiko Leevi tulla mukaan, vaikka hän oli ollutkin melkein varma, ettei Merillä olisi mitään sitä vastaan.

- Tietenkin Leevi on yhtä tervetullut kuin sinä, oli Meri nauranut puhelimessa. - Pitäähän meillä olla miesseuraa, hän jatkoi.

Sirpa oli mielissään. Leevi oli tullut niin suureksi osaksi hänen elämäänsä, ettei hän halunnut jättää sitä yksin ellei olisi aivan pakko. Sirpa odotti juttutuokiota Merin kanssa. Hän aikoi kertoa tälle myös Mikan vierailusta. Myös siitä, että mies aikoi tulla vielä uudelleen Sirpaa tapaamaan. Kenties ystävällä olisi antaa neuvo pulmallisessa tilanteessa.

Meri asui melkein keskellä kylää. Postiin oli matkaa vain satakunta metriä, työmatka ei ollut pituudella pilattu. Merin asunto sijaitsi vanhan puutalon yläkerrassa. Tilaa oli reilusti yhden ihmisen tarpeeseen. Kaksi suurta huonetta oli kodikkaasti, mutta erittäin tyylikkäästi sisustettu. Kaikesta huomasi, että talon emännällä oli makua ja värisilmää.

- Vau! Mikä sisustus. Tämähän on kuin suoraan muotilehdestä, Sirpa ihasteli sisälle päästyään.

Leevi löysi itselleen paikan oven vierestä lampaantaljan päältä.

Meri ei peitellyt tyytyväisyyttään. Hän arvosti Sirpan mielipidettä. Tämä sentään oli kaupunkilainen ja nähnyt muitakin koteja – hienojakin.

- Kiitos. Minua kiinnostaa sisustus ja rakentaminen. Luen lehtiä ja askartelen kaikenlaista täällä kotona. Ompelen verhoja ja kudon mattojakin. Nämäkin ovat minun itse ompelemani verhot, Meri levitteli Sirpan eteen upeita punaisia ryppyverhoja.

- Todella upeat. Nyt kyllä hävettää minun paksut puuvillaverhoni. Minulla ei ole tällaisia lahjoja ollenkaan, Sirpa tunnusti.

- Höpsis. Sinun kotonasi oli ihanan kodikasta.

Meri esitteli Sirpalle muitakin käsitöitään. Työt olivat monipuolisia: kunnostettuja ja entisöityjä huonekaluja, kudottuja poppanoita ja mattoja, verhoja, jopa vaatteita. Meri oli maalannut muutaman taulunkin. Hän oli ilmiselvästi taiteellinen lahjakkuus.

- Oletko opiskellut alaa? Vai oletko ollut jossain taidekoulussa? Miksi et ole jatkanut opiskelua tai hakeutunut alaasi vastaavaan ammattiin? Sirpa hämmästeli, kun Meri näytti taidokkaita töitään.

- Niin...

Varjo häivähti Merin kasvoilla. Sirpa aisti taas jonkun syvän surun tai huolen nuoren naisen elämässä. Kunpa Meri avautuisi ja kertoisi hänelle, mikä häntä painoi.

- Mennään syömään. Minulla ei ole nyt viiniä, kun tulit autolla, mutta minulla on jotain parempaa – kirnupiimää!

Ja naiset nauroivat taas iloisina.

Pöydässä Sirpa kertoi Merille entisen poikaystävänsä yllättävästä vierailusta. Sirpaa riivasivat ristiriitaiset tunteet miestä kohtaan.

- Tässä puhuessani sinun kanssasi on helppo sanoa, että unohdan koko miehen. Mutta kun mies on edessäni ja katsoo minuun tutuilla, rakkailla silmillään, on vaikea vastustaa kiusausta.

Meri sanoi ymmärtävänsä Sirpaa.

- Kyllä sinun on nyt silti harkittava tarkkaan, mitä teet. Suostutko Mikan jalkavaimoksi kenties ikuisiksi ajoiksi? Kertomasi mukaan olen saanut hänestä käsityksen, ettei hän helpolla suostu luopumaan asemastaan ja hyvästä työpaikasta. Rikas vaimo tuo hänelle tiettyä statusta. Mies haluaa selvästi vain rusinat pullasta - kaiken, rahan ja rakkauden.

Sirpa istui hiljaa. Sisimmässään hän jo tiesi tämän kaiken. Ei Mika koskaan jättäisi uraansa Sirpan takia. Tuskin hän jättäisi edes Karlaa, vaikka heillä menisi kuinka huonosti. Kulissit olisi pakko pitää pystyssä, maksoi mitä maksoi. Tässä tapauksessa maksumiehenä olisi Sirpa.

Mitä hänelle itselleen jäisi? Jos hän hylkäsi Mikan, jäikö hänelle edes sitä hitustakaan onnesta, mitä toisen ihmisen läheisyys tuo. Mikan käynti silloin tällöin toisi lohtua yksinäiseen elämään. He viettäisivät hauskan illan, kenties kokonaisen viikonlopun - ja Mika palaisi takaisin Karlan luo. Mutta jos Sirpa jäi roikkumaan entiseen, ei hän koskaan löytäisi onneaan muualta.

- Minun on nyt pidettävä pääni kylmänä. Ehkä soitan Mikalle ja kieltäydyn tapaamasta häntä sunnuntaina. Sanon, ettei hän ole tervetullut.

Sirpa oli tyytyväinen, että sai tehtyä päätöksen. Nyt, kun vielä saisi pidettyä sen. Meri kannusti, oli päätös sitten mikä tahansa. Ihmissuhteissa asiat eivät aina olleet niin yksinkertaisia.

- Erinomainen ateria, kiitteli Sirpa heidän sulatellessaan ruuan jälkeen Merin itse verhoilemalla divaanilla.

- Kiitos. Näin todella paljon vaivaa, joten kyllä sietää ollakin, nauroi Meri.

Raukeina he istuivat musiikkia kuunnellen. Molemmilla oli hyvä olla. Sirpa tunsi olevansa sukulaissielunsa joukossa. Hiljaisuuskaan heidän välillään ei ollut painostava - päinvastoin. Oli helpottavaa olla seurassa, jossa ei tarvinnut koko ajan yrittää keksiä jotain sanomista.

- Mikä sinut pitää paikkakunnalla? Luulisi sinunlaisellasi lahjakkaalla nuorella olevan vientiä suuriin kaupunkeihin, Sirpa kysyi uteliaana. - Perheesi taitaa asua täällä?

Taas tuo huolen varjon häivähdys. Sirpaa säälitti nähdä ystävänsä noin surullisena.

- Minun vanhempani ovat kuolleet, Meri sanoi hiljaa.

- Voi, olen pahoillani, Sirpa todella tarkoitti sitä.

Siksi Meri siis on välillä niin murheellinen.

- Älä turhaan, se tapahtui jo kauan sitten. Olimme aivan pieniä. Minä olin kaksi- ja veljeni neljävuotias. Tuskin muistan oikeita vanhempiani. He kuolivat junaonnettomuudessa. Samassa turmassa kuoli monia muitakin. Äiti ja isä olivat pohjoisessa työmatkalla. He olivat aina paljon poissa. Me olimme veljeni kanssa usein hoidossa eri paikoissa - joskus sukulaisissa, joskus maksetulla lapsenhoitajalla.

Meri totesi kaiken tämän ilman suurempia tunteita. Ilmeisesti vanhempiin ei ollut syntynyt vahvoja tunnesiteitä.

- Sitä paitsi pääsimme aivan ihanaan sijaiskotiin, Meri jatkoi.
- Taidat tietääkin äitini ja isäni. He pitävät kellokauppaa tuossa kylällä.

- Ai se ihana pariskunta! huudahti Sirpa.

- Se oli oikea onnenpotku, kun he ottivat meidät lapsikseen. Vasta silloin tiesin, minkälainen on oikea koti ja perhe.

Sirpa oli onnellinen ystävänsä puolesta. Kammottava onnettomuus ei ollut sittenkään pilannut hänen koko elämäänsä, vaan sille oli löytynyt oikea suunta sijaisvanhempien hyvien sydämien kautta. Kellokaupan pariskunta oli vakuuttanut Sirpankin sydämellisyydellään hänen lyhyellä käynnillään patteriostoksilla.

- Onko veljesi vielä paikkakunnalla? Arvaan että ei. Olisin varmasti bongannut hänet tästä sekalaisesta poikamiesten joukosta, Sirpa sanoi huvittuneena.

Meri synkistyi. Hän nousi äkisti ylös ja meni tuijottamaan tyhjin silmin ikkunasta ulos. Sirpasta näytti, kuin hän olisi sulkeutunut kuoreensa, matkustanut mielikuvituksessaan jonnekin kauas. Kasvoista paljastui pohjaton suru.

- Jos et halua puhua siitä..., Sirpa aloitti, mutta Meri kääntyi ja tuli takaisin istumaan.

- Ei, voin kertoa sinulle. Olet ystäväni, harvoja ystäviäni maailmassa. Luotan sinuun.

Sirpasta Meri kuulosti oudolta. Oliko veljessä jotain salattavaa? Jos tämä olikin joku rikollinen, kenties vankilassa? Murhamies tai varas? Ehkä veli oli muuttanut ulkomaille velkojia pakoon? Jättänyt perheensä? Sitä olisi kyllä vaikeaa uskoa Merin veljestä. Tuskin sisarukset niin paljon voivat toisistaan erota.

Meri otti Sirpaa molemmista käsistä kiinni, katsoi tätä suoraan silmiin ja sanoi:

- Minun veljeni on kadonnut. Hän katosi kotipihalta sinä vuonna, kun hänen piti aloittaa koulu. Kuusivuotiaana...

Sirpa järkyttyi. Mikä hirveä taakka pienelle lapselle. Kadonnut? Mitä ihmettä Meri tarkoitti?

- Voi Meri kulta...

Sirpa halasi Meriä. Menettää nyt ensin vanhemmat ja sitten vielä veli. Miten hirveää!

Sirpa ei halunnut painostaa Meriä kertomaan enempää traumaattisesta tapahtumasta. Hän lohdutti ystäväänsä parhaan taitonsa mukaan, mutta näki, että murhe oli raskas. Melkein liian raskas.

-Veljeni ruumista ei ole koskaan löytynyt. Minä uskon - ei vaan tiedän - että veljeni on vielä elossa. Jonain päivänä hän tulee, olen varma siitä. Hän löytää minut täältä, kotikylältään. Siksi odotan häntä niin kauan kuin on tarvis.

Sirpa näytti varmaan idiootilta tuijottaessaan Meriä suu ammollaan ja silmät suurina. Elossa? Sirpa ei ollut varma, ymmärsikö hän nyt ihan oikein. Meri oli jäänyt kylälle odottamaan yli kaksikymmentä vuotta sitten kadonnutta veljeään? Tyttörukka eli toivossa, että hänen veljensä palaa kylälle, kotiinsa sisartaan noutamaan?

Sirpa oli kuvitellut Merin olevan tervejärkinen nuori nainen. Nyt alkoi näyttää huolestuttavasti siltä, että hänellä oli vaikeita mielenterveydellisiä ongelmia. Kenties lapsuusaikojen hirveistä tapahtumista oli jäänyt traumoja, joita ei ollut hoidettu aikanaan. Meri tarvitsi kipeästi apua. Sirpa ryhtyisi auttamaan häntä. Olisikohan paikkakunnalla mielenterveystoimistoa? Ainakin terveyskeskus. Sieltä voisi ensin lähteä hakemaan apua.

- Tuota...

Sirpa aloitti varovasti. Hän ei halunnut loukata uutta ystäväänsä, rakasta ystäväänsä. Tämä herkkä, empaattinen, suloinen nainen oli elänyt liian kauan painajaisensa sisällä. Nyt oli aika päästää irti.

- Älä sano mitään, tiedän että tätä on vaikea sulattaa, Meri sanoi, ennen kuin Sirpa ehti sanoa yhtään sanaa.

- Niinpä niin, olet oikeassa. Tämä yllätti minut täysin, enkä tiedä mitä sanoisin, paitsi että olen hirveän pahoillani sinun ja veljesi puolesta.

Tänä iltana olisi liian aikaista ryhtyä puhumaan asiasta. Sirpa päätti ottaa ensin selvää hoidoista, käydä terveyskeskuksessa ja sitten varovasti alkaa ehdottaa Merille käyntiä psykologilla tai psykiatrilla. Merin sielun solmut oli aukaistava, että tämä pystyisi jatkamaan elämäänsä, käyttämään lahjojaan ja kenties perustamaan perheen. Nuorella lahjakkaalla taiteilijalla oli sentään koko elämä edessään.

Kun Sirpa ajeli Leevin kanssa kotiin, hän jutteli koiralle illan tapahtumista.

- Mitä mieltä olet tästä kaikesta? Kuinka Meri voi kuvitella, että hänen kadonnut veljensä ilmestyisi vielä jostain, pölähtäisi keskelle kylää kuin tyhjästä? Avaruusoliotko hänet ovat siepanneet? Niinkö Meri-raukka kuvittelee? Ja kohtapuoliin alienit kuskaavat veliparan takaisin, potkaisevat ulos avaruusaluksesta Merin kotiovelle? Vai onko veli kidnapattu Amerikkaan ja palaa kylälle pidennetyn limusinen kyydissä, noutaa Merin Amerikkaan ja kaikki elävät rikkaina ja onnellisina elämänsä loppuun. Uskomatonta.

Leevi vingahti hiljaa. Se näytti olevan myös huolissaan Meristä, päätteli Sirpa. Sirpa ei jättäisi asiaa tähän. Heti huomenna hän ryhtyisi auttamaan Meri poloista.

Sirpa päätti hoitaa Merin asian kuntoon ennen kuin aloittaisi uutta työtä. Kustantaja oli lähettänyt hänelle jo uuden aineiston, mutta asialla ei ollut kiirettä. Hän oli edellä aikataulusta ja tili oli tulossa pankkiin lähipäivinä. Merin terveys, tai oikeastaan sairauden hoito, olisi nyt ensisijainen murhe.

11

Sirpa lähti kylälle ajelemaan heti aamusta. Hän aikoi käydä postilla tervehtimässä Meriä. Hän halusi nähdä, miten tämä voi.
Meri näytti olevan aivan ennallaan, iloinen ja vilkas. Miten hän pystyi siihen? Mahtoiko hänellä olla peräti jakautunut persoonallisuus, Sirpa mietti jatkaessaan matkaa postilta kirjastoon. Sirpalla oli aikomus tutkia kadonneen veljen asiaa kirjastossa. Kenties netissä olisi lisää tietoa. Tosin tapauksesta oli kauan aikaa. Kirjastosta saattaisi kuitenkin löytyä vanhoja sanomalehtiä, jossa asiaa olisi selvitelty.

Kirjastossa ei ollut ruuhkaa tähän aikaan päivästä. Sirpa etsi tietoa netistä ja löysikin muutamia merkintöjä tapauksesta. "Kuusivuotias poika kadonnut", "epäillään henkirikosta", jne. Paikallisessa lehdessä saattaisi olla tarkempia tietoja tapahtumapaikasta ja tapahtumiin liittyvistä henkilöistä. Sirpa päätti kysyä kirjastonhoitajalta, voisiko vanhoja arkistoja tutkia. Ystävällinen nainen mietti hetken ja pyysi Sirpaa odottamaan.

Virkailija lähti paksu avainnippu kädessään ulos kirjastosta, viereiseen vanhaan rakennukseen. Hän palasi jonkun ajan kuluttua kahden suuren kansion kanssa.

- Tästä pitäisi löytyä sen ajan lehdet. Toivottavasti löydät etsimäsi.

Sirpa kiitti ja meni lukusaliin kansiot mukanaan. Häntä suorastaan kihelmöi jännitys, vaikka hän ei tiennyt, mitä odottaa. Sirpa selasi sivuja nopeaan tahtiin. Paikallislehti oli täynnä maatalousuutisia, hiihtokilpailutuloksia ja maakauppoja. Kylällä ei juurikaan tapahtunut mitään järisyttävää. Kärsimättömänä Sirpa harppoi lehteä eteenpäin. Kai tuollainen uutinen ylitti edes paikallislehden uutiskynnyksen.

Otsikko rävähti Sirpan silmille, kuin se olisi kirjoitettu verenpunaisin kirjaimin. "Missä on Mirko?" Sirpan oli pakko hengähtää ennen kuin hän pystyi lukemaan eteenpäin. Tämä se oli, tätä hän oli etsinyt. Meri oli puhunut totta, hänen veljensä oli kadonnut.

"Kuusivuotias Mirko Kari katosi eilen kotipihaltaan Peltotieltä. Poika on viimeksi nähty kävelemässä kohti Husun metsää reppu selässään. Kaikista havainnoista pyydetään ilmoittamaan poliisille." Jutun vieressä oli Mirkon kuva. Pieni, iloinen pikkupoika hymyili epäselvässä kuvassa talon pihalla.

- Eikö tosiaankaan ollut löydetty parempaa valokuvaa lehteen, sentään valokuvaajan poika, Sirpa tuhahti ja yritti saada selvää kuvasta.

Kalju? Paljon enempää ei kuvan perusteella voinut pojasta sanoa. Olisiko hänellä ollut kesätukka? Varmaan hän muistutti Meriä, tummia molemmat.

Sirpa luki artikkelia eteenpäin. Siinä kerrottiin taustoja: vanhempien menehtyminen onnettomuudessa kolmisen vuotta sitten, sijaisvanhemmat, pikkusisko. Kylän väkeä oli haastateltu. Monilla oli teorioita katoamisesta: kulkukauppias oli vienyt Venäjälle orjaksi, pedofiili kidnapannut, murhaaja tappanut ja piilottanut ruumiin, sudet tai karhut vieneet ja syöneet... Mitä uskomattomampia ehdotuksia katoamisen selitykseksi.

Pari numeroa eteenpäin selattuaan Sirpa törmäsi jopa ufoteoriaan: avaruusoliot kaappaavat ihmisiä maasta tutkiakseen heitä ja palauttaakseen joskus vuosien päästä heidät takaisin maan pinnalle. Mitään kunnollista selvyyttä tapaukseen ei löytynyt. Metsät oli haravoitu moneen kertaan. Poliisikoirat etsineet jälkiä useaan otteeseen. Pojasta ei ollut löytynyt jälkeäkään. Hän oli tosiaan haihtunut kuin ilmaan.

Jutusta jaksettiin kirjoittaa parisen kuukautta, sitten aihe menetti kiinnostavuutensa. Mitään uutta ei asiasta ilmennyt. Jos lapsi oli murhattu, tappaja pääsi pakoon - luisti kuin koira veräjästä. Kunpa edes ruumis olisi löytynyt, sekin olisi saattanut helpottaa perheen surua. Voisi haudata omaisensa haudan lepoon.

Sirpaa ahdisti suunnattomasti. Hän ymmärsi Merin tuskan. Tapahtuma oli ollut aivan kauhea. Rakas veli oli hävinnyt elämästä yksi kaunis päivä. Tuollainen trauma jätti jälkensä, se on varma. Kuinka Sirpa voisi auttaa Meriä pääsemään eteenpäin, jättämään tuo hirveys taakseen?

Sirpa selasi vielä lehtiä, kun yksi pikku-uutinen kiinnitti hänen huomionsa. Kolme kuukautta tapauksen jälkeen oli läheisestä mökistä löytynyt Mirkon reppu. Sirpa mietti. Jutussa kuvailtiin mökkiä. Se oli entinen tukkilaiskämppä, metsämiesten majapaikka. Sen täytyy olla se sama mökkirähjä, jossa Leevi Kokko piti majaa. Mikä yhteensattuma! Mitä Mirko olisi tehnyt mökissä? Jutussa tultiin siihen johtopäätökseen, että murhaaja oli kenties houkutellut pojan mökkiin, tappanut ja haudannut ruumiin jonnekin metsään. Muuta vastausta ei ollut tarjolla.

Ei ihme, että Meri oli järkyttynyt kuullessaan jonkun epämääräisen mieshenkilön liikkuvan taas samoilla seuduilla ja muuttaneen kenties samaan mökkiin, missä hänen veljensä päätti päivänsä. Ihan kauheaa. Jos Sirpa olisi tämän tiennyt, ei hän olisi puhunut Merille miehestä mitään.

Sirpa tunsi itsensä väsyneeksi, kuolemanväsyneeksi. Leevi oli odottanut jo kauan, se sai tulla kirjaston eteiseen, koska muita asiakkaita ei juuri ollut. Leevi venytteli ja heilautti häntäänsä nähdessään Sirpan tulevan pois lukusalista. Sirpaa lohdutti suunnattomasti koiran näkeminen. Mitä hän tekisi ilman Leeviä? Oli melkein pelottavaa olla noin riippuvainen eläimestä, jonka oma isäntä saattaisi viedä pois minä päivänä tahansa.

Sirpa haki kaupasta ruokaa ja lähti kotimökille. Tapaus vaatisi sulattelua. Nyt hänestä ei olisi Merille mitään apua. Ahdistus sydänalassa oli liian suuri.

Illalla äiti soitti.

- Koska tulet käymään kotona?

Sirpa yritti kuumeisesti keksiä jonkun äitiä tyydyttävän hätävalheen.

- Minulla on vaativa suomennos kesken. En haluaisi keskeyttää työtä tässä vaiheessa, Sirpa sanoi.

- Vai niin. No, me olemmekin isän kanssa tilanneet viikon äkkilähdön Lanzarotelle, matkustamme jo ylihuomenna. Mutta sen jälkeen tulet, ei muttia!

Sirpa huokaisi helpotuksesta. Viikon loman jälkeen äiti touhottaisi taas jotain muuta eikä muistaisi Sirpan olemassaoloa vähään aikaan.

- Mika kävi luonani alkuviikosta, Sirpa sanoi ja katui saman tien, että oli sanonut sen.

- Älä nyt! Äiti innostui. - Mitäs Mika?

- Työssä menee kuulemma hyvin. Hän oli ohikulkumatkalla, työasioita tässä lähellä ja ajatteli poiketa tervehtimässä.

Sirpa toivoi, että hänen äänensä kuulosti äidin korviin välinpitämättömältä.

- Mutta sehän on hyvä uutinen. Mika siis ajattelee sinua edelleen. Kun nyt pelaat korttisi oikein, Mika saattaa ottaa sinut takaisin.

Sirpan tarvitsi käyttää kaikki itsehillintänsä, ettei olisi räjähtänyt äidille. "Ottaa takaisin?"

- Kuule äiti, ehkä minä en enää halua Mikaa takaisin.

- Höpsistä, tyttö-kulta. Mikaa parempaa miestä et löydä mistään. Komea kaveri...

Sirpa puri hammasta. Tästä asiasta oli turha keskustella enempää. Miksi äiti ei kuunnellut häntä? Mika loukkasi ja petti häntä, kohteli huonosti, vei itsetunnon.

- Äiti, minun täytyy nyt mennä, Leevin pitää päästä ulos.

- Vieläkö se eläin pitää majaa luonasi? No, soitellaan toiste. Laitan sinulle kortin Lanzarotelta.

- Hyvää matkaa teille, Sirpa lopetti.

Leevi katsoi kummissaan, ei sillä ollut tarvetta mennä ulos.

- Narrasin vähän, että pääsen äidistä eroon...

Nukkumaan mennessään Sirpa ajatteli vielä mystistä katoamistapausta. Murheellinen juttu. Meri oli saatava katsomaan tulevaisuuteen ja luopumaan toivosta saada veljensä takaisin. Sirpa auttaisi häntä siinä.

Seuraavana iltana he olivat jälleen menossa Merille Leevin kanssa. Sirpa halusi kuulla lisää parinkymmenen vuoden takaisista tapahtumista. Ehkä asioiden palauttaminen mieleen vapauttaisi Merin tunnustamaan tosiasiat. Veli ei palaisi.

Meri otti heidät vastaan iloisena kuten aina.

- Leevi, Leevi, ihmisen paras ystävä, nauroi Meri ja antoi Leeville herkkupalan.

Sirpa odotti hetken ja kertoi sitten käyneensä kirjastossa lukemassa Mirkon tapauksesta.

- Ethän pahastu, että tein niin?

Jos Meri nyt suuttuisi tai järkyttyisi, hän ei enää ottaisi asiaa puheeksi. Mutta Meri ei ollut lainkaan pahoillaan, päinvastoin. Mielenkiinnolla hän halusi kuulla Sirpan mielipiteen tapauksesta.

- Niin, jos aivan rehellinen olen…

Sirpa vilkaisi Meriä. Tämä odotti valppaana ja Sirpasta oli kauhea pettää hänen odotuksensa.

- Minusta sinun tulee jatkaa elämääsi ja antaa Mirkon muiston olla. Hän ei enää palaa.

Meri ei näyttänyt masentuvan Sirpan kommentista. Hän oli arvannut, mitä Sirpa sanoisi, tietenkin.

- Juu, arvasin, että sanoisit noin. Sinäpä et tiedä kaikkea.

Tiedä kaikkea? Mitä kaikkea? Olisihan Meri kertonut poliisille, jos tietäisi jotain Mirkon katoamisesta. Sirpa mietti, oliko järkevää mennä mukaan tähän leikkiin. Meri oli ilmeisesti perustellut itselleen jollain keinoin hulluutensa. Oliko hän nähnyt enneunen vai käynyt ennustajalla, joka tapauksessa asialle olisi saatava piste.

- Mikä ihme saa sinut uskomaan, että Mirko olisi vielä elossa, kaikkien näiden vuosien jälkeen? Olisihan hän varmaan ilmestynyt jo luoksesi? Sirpa sanoi jo hivenen kärsimättömänä, vaikka asia oli vakava.

Meri hymyili tyynenä. Hän oli saanut selostaa näitä tapahtumia jo monta kertaa tätä ennen, aina yhtä epäuskoiselle yleisölle. Sirpa oli kuitenkin hänen hyvä ystävänsä ja ymmärtäisi lopulta, Meri uskoi niin.

- En muista paljon niistä ajoista, kun Mirko hävisi, olinhan vasta tuskin neljävuotias. Isä ja äiti ovat myöhemmin kerto-

neet tapahtumista jotain. Oli nimittäin niin, että Mirko oli
kuusivuotiaana vakavasti sairas. Hänellä oli leukemia.

Sirpa järkyttyi. Eikä tälle kauheuden määrälle tule loppua
ikinä. Voiko yhden perheen kohdalle osua koko maailman
epäonni ja murhe?
- Sairautta oli yritetty parantaa monella tapaa, sädehoidoilla,
leikkauksella, luuydinsiirrollakin, Meri veti henkeä, - mutta
mikään ei näyttänyt auttavan. Lääkäri lupasi elinaikaa kor-
keintaan muutaman viikon. Vanhempani, siis ottovanhempa-
ni, halusivat kokeilla kaikkea, myös hieman epäsovinnaisia
keinoja.
- Epäsovinnaisia? Sirpa kysyi ja aavisteli pahaa.
- Niin. He veivät Mirkon Ängeslevän noidan parannettavaksi.
- Herranen aika, Meri, et ole tosissasi! Sirpa huusi.

Leevi nousi paikaltaan ja tuli heidän luokseen. Se yritti var-
maan rauhoitella kiihtynyttä Sirpaa, mutta tämä oli liian
hermostunut tyyntyäkseen.
- Kai te sanoitte katoamisen jälkeen poliisille, että se hullu
eukko on ollut tekemisissä Mirkon kanssa. Tutkittiinko noi-
dan mökki? Onko varmaa, ettei se vanha noita myrkyttänyt
poikaa?
Sirpa aivan tärisi kiihtymyksestä. Hän olisi halunnut soittaa
poliisille tällä sekunnilla ja järjestää kotietsinnän noidan mö-
kissä ja tontilla.
- Rauhoitu Sirpa-hyvä, Meri sanoi levollisesti. - Kaikki vaih-
toehdot tutkittiin silloin perusteellisesti. Noitaa ei ollut syytä
epäillä mistään. Hän yritti parhaansa mukaan parantaa Mir-

koa, olen siitä varma. Hän olisi varmasti onnistunutkin siinä, ellei Mirko olisi hävinnyt.

- Mikä kumma saa sinut uskomaan noin?

Sirpan oli vaikea hillitä itseään. Miten joku saattoi olla noin hyväuskoinen?

- Muistan sen, kun Mirko tuli isän ja äidin kanssa noidan luota. Hän oli pitkästä aikaa hyväntuulinen ja reipas. Hän nauroi ja laski leikkiä. Yleensä Mirko ei jaksanut tehdä mitään, häntä väsytti ja nukutti. Nyt Mirko suorastaan uhkui elinvoimaa.

- Miten sinä voit muistaa? Sirpa epäili.

- Ehkä siksi, että se oli viimeinen kerta, kun näin Mirkon.

Meri purskahti itkuun.

Tässä sitä sitten oltiin, Sirpa ajatteli ja otti Merin syliinsä. Hän tyynnytteli ystäväänsä. Ikävä oli varmasti kova. Paljon oli jäänyt sanomatta ja tekemättä veljen lähtiessä niin yllättäen tästä maailmasta.

- Anteeksi.

- Ymmärrän kyllä, kauheaa menettää veli sillä tavalla.

Sirpa ajatteli ja ihmetteli, miten se kaistapäinen noita edelleen kiusasi kyläläisiä - ja Leeviä - ilman minkäänlaisia seuraamuksia. Ehkä tällaisissa pikkukylissä oltiin vielä taikauskoisia tai peräti herkkäuskoisia. Sirpa melkein kiehui harmista, ettei noitaa saatu edesvastuuseen.

- En minä menettänyt veljeä, Meri jatkoi taas tyynnyttyään.

Tämä oli toivotonta, ajatteli Sirpa. Keskustelua oli turha jatkaa tässä vaiheessa. Yritän saada ajan terveyskeskuksesta ja houkuttelen Merin sinne. Ehkä solmut aukeavat.

104

- Uskon nimittäin, että Mirko tuli luokseni heti katoamistaan seuraavalla viikolla.

Sirpa kohotti kulmiaan.

- Tuli luoksesi? Haamunako?

Sirpa hörähti tahtomattaan ja pelästyi. Ei kai Meri loukkaantunut, että hän nauroi tälle?

- Ei, ei haamuna, kummituksena eikä zombiena, Merikin nauroi, - vaan punatulkkuna!

Sirpa oli sanaton. Hän olisi melkein mieluummin kuullut sanan "haamu" Merin suusta, kuin punatulkku. Punatulkku? Kas kun ei Mirko ilmestynyt huuhkajana tai korppikotkana? Merin sairaus oli paljon pahempaa laatua, kuin hän oli osannut kuvitellakaan. Ehkä Sirpan keinot eivät enää riittäisi Merin auttamiseksi. Hän päätti kuitenkin mennä mukaan tähän Merin mielikuvitusleikkiin.

- Vai niin, vai oikein punatulkkuna? Sirpa sanoi ystävällisesti.

- Et usko minua, mutta odota kun kerron, Meri jatkoi. - Ikkunani taakse ilmestyi punatulkku. Olin tietenkin ollut surullinen siitä saakka, kun Mirko katosi. Avasin ikkunan ja lintu tuli suoraa päätä kädelleni istumaan. Se muutti jopa huoneeseeni asumaan ja vanhempani antoivat sen tulla. Hekin huomasivat, että se oli erityinen lintu. Se lohdutti minua tosi paljon.

- Jaaha. Ja mikähän sai sinut päättelemään, että tämä lintu oli Mirko?

- Koska se tiesi sellaisia juttuja, mitä vain minä ja Mirko tiedettiin, Meri sanoi vakuuttavasti.

Sirpan mielestä Meri kuulosti pikkutytöltä. Pikkutytön mieli-
kuvitusleikiltä kuulosti tämä punatulkkujuttukin.

- Miten kauan punatulkku viihtyi luonasi? Sirpa kysyi.

Ehkä sairas lintu tosiaan oli asunut talven yli huoneessa, mut-
ta keväällä muuttanut takaisin metsään, sen verran Sirpakin
luonnontiedosta muisti, vaikka aihe ei kuulunutkaan hänen
vahvimpiin puoliinsa.

- Neljätoista vuotta, Meri sanoi voitonriemuisesti.

Sirpaa pyörrytti. Tuohon oli vaikea keksiä mitään uskottavaa
selitystä. Hän oli luullut, etteivät linnut edes elä niin kauan.
No, kenties oli poikkeuksia ja tämä oli ollut sellainen.

- Sittenkö lintu kuoli? Sirpa kysyi voimattomana ja pelkäsi
vastausta.

Hänen mielikuvituksensa ei riittänyt enää näin lennokkaaseen
tarinaan.

- Ei. Se katosi, mutta Mirko palasi jo viikon kuluttua, metsä-
peurana. Se olikin kanssani sitten näihin päiviin asti. Se hävisi
suunnilleen samoihin aikoihin, kun sinä muutit paikkakun-
nalle.

- Asuiko peurakin huoneessasi?

- Ei asunut, Meri nauroi. - Se vietti yöt vanhempieni puuva-
jassa. Mutta se seurasi minua joka paikkaan. Paikkakuntalai-
set tottuivat siihen niin, että se pääsi mukaani joka paikkaan,
kirjastoonkin. Se odotti minua aina eteisessä.

Meri ei näyttänyt olevan kovin surullinen peuran katoamisen
johdosta, mikä kummastutti Sirpaa.

- Entä nyt, Sirpa kysyi ja kylmät väreet menivät pitkin hänen selkäpiitään.

Hän vilkaisi vaistomaisesti ympärilleen. Oliko Mirko kenties jo ilmestynyt uudelleen, tällä kertaa hämähäkkinä tai sisiliskona, kukaties tupajumina? Sirpaa puistatti. Alkoiko hänkin uskoa Merin hallusinaatioihin?

Meri näytti surulliselta.

- Olen odottanut ja odottanut, mutta Mirko ei ole tullut. Hän vilkaisi Leeviä. - Ellei...

Meri ei jatkanut, vaan katsoi Sirpaa.

- Ehkä sinun tuloosi tänne on jokin syy. Olet piristänyt elämääni niin paljon. Olet ainoa ystäväni. Sinä ja Leevi.

Leevi löntysteli heidän luokseen. Meri katsoi Leeviä pitkään ja hymyili.

- Varmaan Leevinkin tuloon on syynsä, usko pois. Kun aika on kypsä, kaikki selviää parhain päin.

Sirpaa huimasi tämä ylimaallisen outo tilanne. Jollain tapaa Meri oli vakuuttanut hänetkin tarinallaan. Olisipa Leevin isäntä, Leevi Kokko tässä jakamassa oman tarinansa heidän kanssaan. Sirpa kaipasi jotain eikä itsekään tiennyt mitä.

He lähtivät Leevin kanssa kotiin. Sirpa oli entistä enemmän sekaisin tunteistaan.

12

Pari päivää meni kuin sumussa. Sirpa ei tiennyt yhtään, mitä ajatella Merin mielikuvituksellisista tarinoista. Ulospäin Meri näytti aivan tervepäiseltä mukavalta naiselta. Hänen järkensä näytti luistavan normaalin mattimeikäläisen tapaan, paitsi tässä Mirko-asiassa.

Sirpa kävi kelloliikkeessä Merin vanhempien luona juttelemassa tästä Merin kuvittelemasta uudelleen syntymisestä. Hän oli suunnitellut sopivansa heidän kanssaan mahdollisesta Merin hoidosta. Vanhempien reaktio ei kuitenkaan ollut Sirpan toivoma. Iloinen pariskunta sanoi tietävänsä tapaukset punatulkusta peuraan ja olevansa onnellinen tästä kaikesta.

- Niinhän se Mirko aina ilmestyy jostain jossain muodossa meitä lohduttamaan. Me uskomme, että kun aika on tullut, Mirko palaa luoksemme terveenä ja vahvana ihmisenä - miehenä.

Ällistynyt Sirpa hotkaisi pullapalan väärään kurkkuun. Palaa ihmisenä? Miehenä? Sama tauti riivasi myös Merin isää ja äitiä? Mielenvikaisuus ei voinut olla perinnöllistäkään, koska tämä pariskunta ei ollut Merin oikeat vanhemmat. Oliko Meri aivopessyt vanhuksetkin uskomaan omaan satuunsa? Sirpa pyöritti päätään itsekseen. Oli tämä sortin sakkia!

Sunnuntai-iltana Sirpa mietiskeli jälleen Merin tapausta, kun kuuli auton ajavan pihaan. Hän nousi katsomaan, olisiko Veikko lähtenyt iltakahville vai kenties naapurin perhe ollut

tuomassa ternimaitoa. Ikkunasta näkyi vilaus sinistä auton-
kylkeä.

Mika! Hän oli unohtanut miehen tyystin. Totta puhuen, hän
ei ollut edes uskonut tämän tulevan. Olisi luullut tuoreen
aviomiesehdokkaan pysyvän tiukasti kihlattunsa kainalossa.
Tuossa Mika nyt kuitenkin seisoi pihalla. Leevi nousi paikal-
taan ylös ja alkoi murista uhkaavasti.
- Leevi, älä, Sirpa kielsi koiraa ja samalla mietti kuumeisesti,
mitä tekisi.
Hän ei ollut ehtinyt miettiä Mikaa moneen päivään, mikä oli
tietenkin hyvä.
- Alan päästä irti miehestä. Merin hallusinaatiot ovat täyttä-
neet ajatukseni aivan tyystin.

Jos Sirpa olisi aivan hiiren hiljaa piilossa, Mika saattaisi uskoa
ettei täällä ole ketään kotona. Sirpa kuunteli oven takana
Leevin kanssa.
- Avaa ovi Sirpa, täällä on Mika.
Sirpa laittoi sormen suun eteen. Leevi ymmärsi, että nyt ol-
laan hiljaa.
- Sirpa, mitä sinä pelleilet? Näinhän minä sinut. Avaa ovi.
Minulla on uutisia.

Uutisia? Liittyisivätkö ne mahdollisesti kihlaukseen? Oliko
häät peruttu? Oliko Mika jättänyt Karlan? Mitä se merkitsisi
Sirpan ja Mikan suhteessa? Uteliaisuus alkoi käydä ylivoimai-
seksi. Sirpa vilkaisi Leeviä.
- Aion avata oven, ole kiltisti, jooko.

Sirpa raotti ovea ja Mika hymyili valloittavasti. Hän ojensi Sirpalle kukkapuskan.

- Ruusuja, lempikukkiasi, Mika sanoi ja työntyi sisälle.

Leevi alkoi murista ja irvistellä. Mika vilkaisi sitä välinpitämättömästi.

- Ja voisitko laittaa tuon elukan ulos, ei sen aikana voi keskustella vakavasti.

Sirpa oli kahden vaiheilla. Häntä hämmästytti edelleen, miksi Leevi oli vihainen Mikalle. Tuo lempeä jättiläiskoira ei tekisi pahaa kärpäsellekään, mutta Mikaa se ei voinut sietää. Toisaalta, Leevi oli vain koira, Mika oli ihminen. Tässä tilanteessa hän valitsi ihmisen.

- Anteeksi Leevi, voisitko mennä ulos, Sirpa sanoi ja vältteli Leevin syyttävää katsetta.

Hetken Sirpa luuli, ettei Leevi tottelisi ensimmäistä kertaa heidän tuttavuutensa aikana. Vastahakoisesti se kuitenkin nousi ja meni ovesta pihalle. Sirpa sulki oven.

- Haluaisitko kahvia tai jotain?

Sirpa toivoi, että Mika sanoisi asiansa ja lähtisi. Mikan näkeminen aiheutti vain stressiä ja toi mieleen ikäviä muistoja. Se ei ainakaan auttaisi erosta toipumisessa, jos mies alkaisi ravata Sirpan luona alituiseen.

- Kyllä. Tai onko sinulla jotain väkevämpää, kuohuviiniä tai konjakkia? Mika näytti olevan todella hyvällä tuulella.

Mikahan tuli autolla, Sirpa mietti. Millä ilveellä hän aikoi ajaa kotiin, jos hän konjakkia alkaisi hörppiä. Ellei hänellä sitten tosiaan ollut aikomus jäädä tänne yöksi.

- Ei kuule ole nyt mitään, valitan. Keitän kahvit.

Sirpaa kadutti jo nyt, että oli päästänyt Mikan kotiinsa. Mies ei ansainnut minkäänlaista ystävällisyyttä. Miten monet kerrat hän oli heidän yhteisessä kodissaan odottanut ja odottanut, turhaan. Miehellä oli ollut menoja, joista hän ei ollut vaivautunut Sirpalle ilmoittamaan. Valehtelu oli ollut jokapäiväistä, toiset naiset Mika oli aina selittänyt "merkityksettömiksi" tapauksiksi.

Ja minä hullu aina uskoin ja annoin anteeksi, Sirpa manasi itsekseen. Hänen oli koko ajan muistutettava itseään menneistä, koska tunsi Mikan läsnäolon hyvin vahvasti. Jopa hänen partavetensä tuttu tuoksu sai veren virtaamaan kiihkeämmin. Tällä kertaa hän pystyisi vastustamaan kiusausta eikä lankeaisi Mikan pauloihin.

- Niin, oliko sinulla jotain uutisia? Sirpa huuteli keittiöstä sohvalla istuvalle Mikalle.

Hän oli päättänyt varoa joutumasta miehen kanssa lähikontaktiin.

- Oli, oli. Tule tänne, niin kerron.

Sirpa mietti mitä hän tekisi, jos Mika olisi päättänyt kosia häntä. Sitähän Sirpa oli toivonut koko kolmen vuoden ajan, minkä he yhdessä asuivat ja seurustelivat. Kannattaisiko kaikki aloittaa alusta? Mika tuskin muuttuisi. Tyytyisikö Sirpa jakamaan aviomiehensä työn ja toisten naisten kanssa? Toisaalta, oliko tässä mitään parempaa tarjolla. Ainakin taloudellinen puoli olisi Mikan kanssa järjestyksessä.

Sirpa istui Mikan viereen.

- Kerro.

Mika näytti innokkaalta kuin pikkupoika. Suloinen pikkupoika. Sirpa hymyili tahtomattaan.

- On tapahtunut jotain hienoa. Haluan kertoa sinulle jotain, Mika sanoi.

Tämän täytyi tarkoittaa sitä, että Mika oli jättänyt Karlan. Mies oli huomannut, että raha ei ratkaise kaikkea ja että hän rakasti vain ja ainoastaan Sirpaa. Nyt Mika oli tullut korjaamaan tekemänsä vääryydet ja noutamaan Sirpan pois, kuin prinssi valkean ratsun selässä.

Sirpa odotti kysymystä hengitystään pidättäen. Nyt, kun hän näki ja tunsi Mikan taas edessään, hän tuskin pystyisi kieltäytymään kosinnasta. Mikan vaimona olisi kuitenkin tarjolla paljon ihaniakin hetkiä. Sirpa sulki silmänsä ja jäi odottamaan suudelmaa.

- Minä olen saanut pääjohtajan paikan Höök-konsernin Moskovan toimipisteestä!

Sirpa avasi silmänsä. Mika istui silmät sädehtien ja odotti ilmeisesti aplodeja Sirpalta. Tämäkö oli se "uutinen", jota Mika oli tullut kertomaan. Sirpaa melkein nauratti. Hän tunsi itsensä typeräksi. Miten hän oli kuvitellut, että tuo itsekäs narsisti haluaisi Sirpan tapaisen naisen kuvioitaan sotkemaan.

- Onneksi olkoon, Sirpa sanoi ja oikeastaan hän tarkoitti sitä.

Mika joutaisi mennä Moskovaan, häiritköön siellä paikallisia kaunottaria kuinka paljon lystää. Karlalla olisi tuskin Moskovassa yhtä hauskaa.

- Ei tässä vielä kaikki, Mika sanoi, kuin tv-shopin innokas myyjä.

Sirpalla oli tunnelataus hävinnyt taivaan tuuliin, mutta hän yritti vetää kasvoilleen kiinnostuneen ilmeen. Mahtoiko herra johtajalle olla luvattu uusi työsuhdeauto vai kattohuoneisto, mielenkiintoista, Sirpa marisi mielessään. Olisipa tämä jo ohi ja Mika lähtisi pois.

- Haluan sinut mukaan Moskovaan!

Oho. Osaahan se vanha kelmi vielä yllättää, ajatteli Sirpa mielissään. Olisiko tässä sittenkin tulossa kosinta? Katsos vaan poikaa.

- Mitä tarkoitat? Sirpa kysyi. - Oletko jättänyt Karlan?

Mika kiemurteli vaivautuneena. Kaikki ei ollut niin kuin piti, tiesi Sirpa vanhasta muistista. Kohta tulisi todennäköisesti Mikan suusta muunneltua totuutta eli suoranaista valhetta.

- Ei, ei mitään sellaista. Meidät vihitään kuukauden kuluttua. Kutsutkin on jo lähetetty.

Mika tokaisi asian, kuin siinä ei olisi mitään ihmeellistä. Uskomatonta! Veri pakeni Sirpan päästä. Että sellaista. Mihin hän tarvitsi sitten minua? Hänellä oli rikas ja kaunis vaimo. Sirpa tunsi melkein fyysistä pahoinvointia. Hänen olisi tehnyt mieli mennä pihan perälle oksentamaan.

- Sirpa-kulta. Haluan, että tulet asumaan kanssani Moskovaan. Järjestän sinulle asunnon omani läheltä. Voin maksaa kaiken, minulla on siihen varaa. Voit vaikka tehdä niitä kirjoituksiasi, jos tahdot. Karla ei halua muuttaa Moskovaan, hän jää Helsinkiin. Saisimme olla ihan rauhassa.

Vai sellaisen tulevaisuuden Mika oli suunnitellut Sirpa-ressukan varalle. Sirpan sappi alkoi kiehua. Mika tahtoi siis vakituisen rakastajattaren, luulisi niitä sieltä Venäjältä löyty-vän.

- Hullu! En ikinä! Sirpa huusi ja marssi ovea kohti. - Nyt lähdet täältä! Äläkä tule enää ikinä takaisin. Pysy sen Karlasi luona ja muuta Venäjälle. Tee mitä tahdot, mutta älä enää häiritse minua, ikinä!

Sirpa oli niin raivona, että tärisi. Minkälainen idiootti odotti entisen valehtelevan poikaystävänsä kosintaa mieli herkkänä. Tällainen idiootti. Tyhmä, tyhmä, tyhmä!

Mika tuli ovelle hänen perässään.

- Kulta, mikä nyt tuli? Mika tarttui Sirpaa hartioista ja käänsi hänet itseään vasten. - Tiedäthän sinä, että rakastan vain si-nua.

Sinä itsekäs paska rakastat vain itseäsi, rahaa ja valtaa, Sirpa ajatteli, mutta ei pystynyt sanomaan sitä ääneen, koska olisi purskahtanut itkuun. Sitä iloa hän ei Mikalle enää soisi.

- Menen Karlan kanssa naimisiin vain käytännön syistä, tie-däthän sinä sen, Mika sanoi ja silitti Sirpan valkoisia hiuksia.

- Sinua minä kaipaan.

Mika puristi Sirpaa yhä tiukemmin.

- Päästä irti! Sirpa huusi ja oli avaamassa ovea, kun Mika tart-tui hänen käteensä.

- Ei niin nopeasti, Mika katsoi Sirpaa terävästi. - En kai minä ajanut tänne jumalan selän taakse ihan turhaan? Kai nyt sentään voidaan pitää vähän hauskaa vanhojen aikojen muistoksi?

Sirpaa alkoi äkkiä pelottaa Mikan uhkaava katse. Mies ei ollut koskaan ollut väkivaltainen, tuskin hän olisi sitä nytkään, mutta jokin Mikan silmissä sai Sirpan pelkäämään.
- Mika. Sinun pitäisi ihan totta nyt lähteä.
- Miksi? Tuskin sinulle on ainakaan vieraita tulossa. Eihän täällä ole kuin se ruma koira, joka nyt onneksi on pihalla. Mennään tuonne sohvalle, juodaan kahvia, istutaan kaikessa rauhassa ja jutellaan. Kohta rentoudut ja...
- Lopeta! Haluan, että lähdet, Sirpa sanoi tiukasti.
- Entäs jos minä en halua? Mika sanoi ja leikitteli Sirpan hiuskiehkuralla.
- Päästän Leevin sisälle. Ehkä se saa sinut muuttamaan mielesi, Sirpa sanoi uhmakkaasti ja oli jälleen tarttumassa ovenkahvaan.

Mika tarttui Sirpaa vyötäisiltä ja nappasi hänet syliinsä.
- Lopetetaanpas tämä leikkiminen. Tiedän, että sinä et ole päässyt minusta yli. Olet yhä aivan hulluna minuun, Mika sanoi kolkosti ja alkoi kantaa Sirpaa kammariin päin.

Sirpa oli kauhuissaan. Hän rimpuili vastaan, mutta se näytti vain innostavan Mikaa. Sirpa alkoi kiljua, mutta Mika painoi suunsa hänen suutaan vasten. Miehellä näytti olevan hauskaa eikä Sirpa tuntenut enää tätä miestä. Kauhu kuristi hänen kurkkuaan. Leevi, Leevi, miksi laskin Leevin ulos. Leevi tiesi, että jotain pahaa tulee käymään, Sirpa ajatteli.

- Sirpa? Onko jokin hätänä?

Mika nousi pelästyneenä pystyyn, kun vieraan miehen ääni keskeytti hänen puuhansa. Hän suoristeli vaatteitaan ja kokosi itsensä hämmästyttävän nopeasti.
- Sirpa-kulta, eihän sinulla ole mitään hätää? Me tässä vain vähän leikimme vanhojen aikojen muistoksi...

Sirpa huomasi helpotuksekseen vapautuneensa Mikan tiukasta otteesta. Hän nousi istumaan, mutta shokki ja järkytys oli liian suuri, että hän olisi jaksanut nousta pystyyn. Hän tärisi kuin haavanlehti. Hänen rakastamansa mies oli hyökännyt hänen kimppuunsa. Voiko mitään hirveämpää tapahtua? Sirpa painoi pään käsiinsä ja alkoi itkeä.

- Sirpa-kulta, älä itke, Mika yritti vaivautuneena.
Mistä tuo mies oli tänne ilmestynyt? Oliko Sirpalla poikaystävä? Ei hän ollut mitään sellaista puhunut.
Mika vilkuili sivusilmällä oven suussa seisovaa miestä. Miehen tummat silmät tuntuivat leiskuvan vihaa, kun hän katsoi Mikaa. Vartalo näytti treenatulta ja käsivarret voimakkailta. Lisäksi mies näytti päätä pitemmältä kuin Mika. Tuon kanssa ei kannatanut ruveta tappelemaan, häviö tuntui todennäköiseltä. Tosin mies ei näyttänyt halukkaalta tappeluun.

Mika siirtyi vähin äänin ovelle ja painui siitä ulos vieraan miehen estelemättä. Hän hyppäsi komeaan autoonsa ja kaasutti tiehensä. Ehkä kaupungista saisi kiinni vielä jonkun entisen tyttöystävän, aina kannatti yrittää, tuumi Mika ajellessaan kohti Helsinkiä.

Sirpa tunsi, että hänen viereensä istuutui joku. Hän kohotti katseensa. Leevi! Leevi Kokko! Mistä mies oli osannut tulla juuri oikeaan aikaan pelastamaan hänet tältä häpeältä. Sirpa oli liian poissa tolaltaan miettiäkseen tätä kummallista yhteensattumaa nyt. Mies kääri hänet huopaan ja kävi hakemassa keittiöstä lasin vettä.
- Onko kaikki hyvin? mies kysyi.
- On...nyt, Sirpa kuiskasi.

Häntä hävetti. Hän häpesi, että oli luottanut taas kerran petolliseen poikaystäväänsä ja elätellyt jopa toiveita tämän vaimoksi pääsemisestä. Hän häpesi, että oli ollut tavattoman lapsellinen ja tyhmä. Hän häpesi sitäkin, että Leevi oli nähnyt hänet tässä alennustilassa. Mitä hänkin mahtoi ajatella. Sirpaa alkoi taas itkettää.
- Älähän nyt...
Leevi laittoi käsivartensa Sirpan ympärille ja Sirpa tunsi olonsa turvallisemmaksi kuin pitkään aikaan. Voisin jäädä tähän ikuisiksi ajoiksi, Sirpa ajatteli lämmin tunne sisällään. Nyt kun olen saanut tämän miehen lähelleni, en laskekaan häntä pois ihan heti.
- En voi jäädä, mies sanoi ja Sirpan ajatuskupla kauniista rakkaussuhteesta puhkesi taas kuin saippuapallo.
- Miksi et? Sirpa sanoi syyttävästi.
Mies katsoi häneen tummilla silmillään, eikä sanonut mitään.
- Soitin Merille, hän on jo tulossa tänne.

Mies peitteli Sirpan vuoteeseen, katsoi vielä kerran silmiin, hymyili, nousi ja lähti.

- Hetkinen! Eihän tässä näin pitänyt käydä...

Sirpa heitti peitot sivuun, säntäsi pystyyn ja juoksi ovelle. Hän tarraisi kiinni vaikka lahkeeseen, mutta nyt hän ei laskisi miestä pois, ennen kuin oli selvittänyt pari asiaa. Ovi oli suljettu ja Sirpalla kesti aikansa pyörittää raskasta avainta lukossa. Kun hän sai oven avattua, miestä ei näkynyt enää missään.

Olipa se nopeaa toimintaa, Sirpa ihmetteli. Mahtoi hepulla olla kiire, kun noin äkkiä hävisi. Tämän Leevin käytös alkoi olla todella omituista. Mies tuli ja meni, ilmestyi ja hävisi, kuin kulkisi seinien läpi. Sirpa seisoi vielä keskellä pihaa ilman päällysvaatteita, kun Meri juoksi tieltä päin.

- Sirpa! Sirpa pieni, oletko kunnossa? Meri säntäsi suoraa päätä halaamaan Sirpaa.

- Olenhan minä, Sirpa oli hurjan iloinen Merin nähdessään.

Hän totisesti kaipasi seuraa kaiken tämän jälkeen.

- Olin hirveän huolissani. Mennään sisälle, ettet vielä vilustu kaiken muun lisäksi.

Mökissä Meri hääräsi kuin kanaemo. Hän laittoi Sirpan istumaan peiton alle, toi tälle yrttiteetä ja aspiriinin. Jalkakylpy oli kuulemma ehdoton apu traumaattisen tapahtuman jälkeen. Sirpaa nauratti toisen huolehtiminen, mutta hän oli myös mielissään.

Sirpan teki jo mieli puhua tapahtuneesta, mutta Meri kävi kuin ylikierroksilla. Hän säntäili kuin sähköjänis tai duracellpupu ja Sirpaa alkoi tämä hyperaktiivisuus jo hiukan ärsyttää. Hänelle ei annettu minkäänlaista suunvuoroa. Sitä paitsi häntä häiritsi jokin ajatus. Mikä, se ei tullut mieleen. Illan tapahtumissa oli jokin selvitettävä aukko. Ehkä se palaisi mieleen, kun Meri hiukan rauhoittuisi.

Ja silloin se tuli. Ajatus iski mieleen kuin salama. Hetken Sirpa luuli pyörtyvänsä.

- Mistä Leevi tiesi soittaa sinulle, Meri?

Tietenkin tähän kaikkeen oli luonnollinen selitys, Sirpa uskoi. Kohta saan kuulla sen rakkaalta ystävältäni Meriltä.

- Meri?

Sirpa kääntyi ja katsoi naiseen tiukasti. Tämä kiemurteli kuin valheesta kiinni jäänyt pikkutyttö.

- No, tuota... Sinun kännykästäsi tietenkin, Meri hymyili kuin olisi juuri keksinyt ruudin. - Numero löytyi helposti.

Sirpa ei voinut uskoa korviaan. Hänen ystäväksi uskomansa nainen valehteli hänelle kirkkain silmin päin naamaa. Tämä alkoi olla liikaa yhdelle illalle. Ensin petollinen Mika, nyt viekas Meri. Merin tapaus vain tuntui kaksin verroin katkerammalta.

- Minun kännykässäni ei ole sinun numeroasi. Siis jos oletetaan, että Leevi olisi jollain konstilla löytänyt puhelimen käsilaukustani, joka oli tipahtanut jääkaapin taakse...

Meri valahti kalpeaksi ja Sirpaa melkein säälitti nähdä hänet noin hädissään. Tottumaton valehtelija, Sirpa tuumi armottomasti.

- Ai niin, tosiaan juu, mitäs minä nyt oikein sotken. Ei siis sinun kännykästäsi vaan Leevin kännykästä!

Taas Meri iloitsi nokkeluudestaan. Hän katsoi Sirpaan kirkkain silmin tajuamatta lainkaan, että kaivoi itseään yhä syvemmälle kuoppaan. Sirpa tuijotti tätä tyrmistyneenä. Nainen, johon hän luotti, jonka käsiin hän oli valmis antamaan vaikka henkensä, syötti hänelle tuollaista pötyä. Miksi?

Äkkiä hän tajusi. Palaset kolahtivat paikoilleen, napsahtivat yksi toisensa perään, kunnes kuva oli aivan selvä.

- Meri! Sirpa ulvahti, eikä voinut uskoa asiaa todeksi. - Onko sinulla suhde Leevi Kokon kanssa?!

Meri tuijotti silmät selällään ja suu auki vihasta puhisevaa Sirpaa ymmärtämättä ilmeisesti lainkaan, että hänellä olisi syytä hävetä tai tuntea katumusta.

- Jaa että mitä? Meri näytti Sirpan mielestä kerta kaikkiaan vähä-älyiseltä yrittäessään ymmärtää mitä Sirpa oikein tarkoitti. - Suhde?

- Kerro nyt vaan, senkin umpikiero sydänystävä. Mitä peliä sinä pelaat selkäni takana? Onko sinulla ja Leevillä suhde?

- Suhde, tarkoitatko niin kuin siis sellainen suhde, Meri tankkasi sanaa kuin ääliö ja Sirpa olisi voinut revetä kiukusta.

- Niin juuri, suhde, sinä senkin petollinen letukka! Mistä muuten Leevi olisi taikonut sinun numerosi esiin juuri sopivalla hetkellä. Hänen ei pitäisi edes tuntea sinua. Eihän Leevi

120

ole koskaan edes nähnyt sinua, niinhän sinä itse minulle olet kertonut!

Tämä kaikki alkoi olla aivan liikaa Sirpan sietokyvylle. Hänen koko elämänsä luhistui saman illan aikana. Mitään ei jäänyt jäljelle, ei yhtään mitään. Ensin Mikan yllättävä kimppuun käyminen ja pettymys häistä. Vielä pahempi oli kuitenkin tämä hänen parhaan ystävänsä järjestämä yllätys: suhde hänen unelmiensa miehen kanssa! Hän menettäisi molemmat, sekä naisystävän että miehen. Sirpa jäisi yksin, aivan yksin. Hänen elämällään ei olisi enää mitään merkitystä. Kuka häntä jäisi kaipaamaan, vaikka hyppäisi tästä veturin eteen tai hirteen yksin tein.

Paitsi Leevi. Missä koira muuten oli? Vai veivätkö nämä kavalat ihmiset häneltä viimeisenkin syyn elää. Leevi. Leevin takia kenties jaksoi vielä nousta aamulla ylös, syödä ja juoda, tehdä työtä.

Sirpa nosti katseensa Meriin.

- Missä Leevi on?

Hänen äänensä kuulosti uhkaavammalta kuin hän oli kuvitellutkaan.

- Kuules nyt Sirpa, Meri aloitti.

Hän oli huomannut, että Sirpa oli aivan poissa tolaltaan, mutta ei ihan hahmottanut miksi. Entisen poikaystävän uhkaava käytös tietenkin on stressaava kokemus.

- Älä selitä mitään, Sirpa torjui.

- Rauhoitu nyt. Olet varmasti käsittänyt jotain väärin, Meri yritti, mutta Sirpa keskeytti oitis.

- Lopeta. Kerro ainoastaan, missä Leevi on. Jos saan pitää sen omanani, voitte te kaksi tehdä minun puolestani mitä haluatte. Muuttakaa vaikka sinne Kaamaseen, ostakaa poroja ja menkää naimisiin.

- Naimisiin? Ai kuka? Meri oli tipahtanut kärryiltä jo Kaamasen kohdalla.

- Sinun ei tarvitse teeskennellä ja valehdella enää. Minä tiedän kaiken!

- Niinkö? Meri näytti vaihteeksi iloiselta ja helpottuneelta.

- Mutta sehän on hyvä sitten. Ja minä kun luulin, että sinä et usko koko juttua. Näytit niin epäluuloiselta, kun kerroin punatulkusta ja metsäpeurasta.

Sirpa ei tässä vaiheessa jaksanut alkaa enää kantaa huolta Merin mielenterveydestä. Huolehtikoon Leevi vaimonsa hulluudesta tästä eteenpäin. Siinäpä olisi työsarkaa miehelle, kun vaimo paimentaa lapsena kuollutta veljeään taloon muuttaneen poron muodossa.

- Voi herranen aika nainen! En jaksa enää. Missä Leevi on?

Sirpa syöksyi ovesta ulos. Meri nappasi takkinsa naulasta ja juoksi perään.

- Odota, ota takki, ulkona on kova pakkanen.

Sirpa säntäili pihassa paitahihaisillaan ja huuteli Leeviä. Paniikki kasvoi, kun Leevi ei ilmestynyt nurkalta. Sirpa juoksi vajaan ja saunalle, veskin takanakaan ei ollut tuttua mustaa hahmoa. Pakkanen alkoi kohmettaa jo sormia ja nenänpäätä.

- Tule sisään, odota, haetaan takki ja hattu..., Meri juoksi sisälle taloon.

13

Sirpaa paleli, mutta enemmän hän oli huolissaan koirastaan Leevistä. Koska Leevi Kokko oli todistetusti maisemissa, koira saattaisi olla Leevin mökillä.

Sirpa lähti juoksemaan sinne. Tähän aikaan illasta oli jo pilkkopimeää. Mökille ei mennyt edes kunnon tietä tai polkua. Lunta oli satanut niin paljon, että entiset jäljet olivat peittyneet. Oli hulluutta lähteä juoksemaan parin kilometrin päähän pakkasessa, ilman päällysvaatteita, ilman taskulamppua, ilman puhelinta, aamutohvelit jalassa, mutta Sirpa ei ajatellut selkeästi. Tämä hirvittävä, painajaismainen päivä voisi loppua onnellisesti vain, jos hän löytäisi koiransa Leevin.

Metsätielle Sirpa löysi hyvin. Peltoaukealla näki kohtalaisesti ja tietä pitkin oli mennyt traktori tai jokin työkone. Sirpa piti yllä kovaa vauhtia, ettei kohmettuisi pakkasessa ihan kokonaan. Raaka ilma repi keuhkoja, mutta Sirpa ei välittänyt kurkussa tuntuvasta tuskasta.

Kun metsätie loppui ja polku alkoi, näkyvyys huononi. Sirpan piti arvailla, missä polku meni. Hänen jalkansa upposivat kylmään hankeen, hän kompuroi ja kaatui. Paljaat sormet haroivat risuja ja oksat raapivat hänen kasvojaan. Taivaalla näkyi pelkkää mustaa - ei tähtiä, ei kuuta.

- Rakas Jumala, anna minun löytää mökki, anna minun löytää Leevi, Sirpa hoki puoliksi lämpimikseen, puoliksi tosissaan.

Voimat alkoivat huveta, hampaat olivat jo lopettaneet kalisemisen, niin jäässä hän oli. Jaloissa ei ollut enää tuntoa ja sormet samoin olivat aivan turtana. Ympärillä oli pelkkää pimeyttä. Tännekö hän jäisi? Kuolisi metsään, jäätyisi tönköksi. Ruumis löydettäisiin syksyllä jonkun marjastajan toimesta. Kukaan ei jäisi kaipaamaan...

Sirpa polvistui hankeen ja päätti antaa periksi. Helpotushan se oli jäädä tähän hankeen makaamaan. Vilkaistessaan vielä taakseen hän oli näkevinään valon pilkahduksen kuusien välissä. Viimeisillä voimillaan Sirpa nousi pystyyn ja lähti hoipertelemaan valoa kohti. Se oli mökki! Ikkunoista näkyi valoa, siellä oli joku. Sirpa pinnisti kaikki voimansa rippeet ja raahautui ovelle. Koputtaa hän ei jaksanut vaan kaatui tajuttomana oven eteen.

Sirpa tunsi kuinka hänet kannettiin mökkiin sisälle. Puheensorinasta ei saanut selvää, ääniä oli useampia, miehen ja naisen. Sirpa ei jaksanut avatasilmiään. Hän tunsi olevansa jo melkein rajan tuolla puolen. Olisi helpotus, jos kärsimys ja tuska loppuisi. Jäseniä pakotti, paleli, sydän oli murtunut. Kunpa kuolema korjaisi.
Hänelle annettiin jotain juotavaa ja lämpö levisi hänen jäseniinsä vähitellen. Hän nukahti syvään uneen. Kuin horteessa hän kuuli ympäriltään kummallisia ääniä, ihmeellistä, vierasta kieltä, kuin loitsuja. Hän aisti myös merkillisiä tuoksuja – sellaisia, mitä hän ei tunnistanut. Sirpa tunsi olonsa kuitenkin turvalliseksi ja hän nukkui levollista unta.

Sirpasta tuntui, että hän oli nukkunut ainakin vuoden. Ehkä hän ei ollut enää tässä maailmassa, niin epätodellinen oli hänen olonsa. Hänellä oli hyvä olla. Silmät suljettuna hän kuunteli ääniä ympärillään. Hän ei tuntenut kieltä, mitä puhuttiin. Yksitoikkoinen mutina kuulosti vanhan naisen ääneltä, se oli rauhoittava ja levollinen. Soittiko joku jotain instrumenttia? Vaimea kumina kuulosti joltain rummulta tai kanteleelta. Jospa olenkin taivaassa ja ympärilläni on joukko enkeleitä?

Sirpa raotti varovasti silmiään. Mökissä oli hämärää, melkein pimeää. Takassa oli hiillos, se ei antanut paljon valoa pieneen tupaan. Hän makasi sängyssä paksujen peittojen alla.
Sirpa yritti kääntää päätään äänen suuntaan. Koko ruumis tuntui jäykältä ja aralta. Olo oli kuin tappelussa olleella, en siis ole kuollut! Sirpa totesi. Varovasti hän kallisti päänsä.

Kauhu salpasi hänen hengityksensä. Hän ei voinut olla tunnistamatta Ängeslevän noitaa, joka seisoi selkä häneen päin kumartuneena lattialla olevan mytyn puoleen. Noita heilutteli suitsukkeen tapaista esinettä kädessään. Toisessa kädessä hänellä oli jokin musta köntti, mutta Sirpa ei pimeässä nähnyt mikä se oli. Noita mutisi matalalla äänellä jotain yksitoikkoista loitsua, uudelleen ja uudelleen. Sirpa ei nähnyt huoneessa muita.

Sirpa katseli näytelmää kuin noiduttuna. Vanhan naisen ääni lumosi ja veti puoleensa, se tuntui tulevan jostain syvältä sielun syövereistä. Sirpa yritti kohottautua sängystä, mutta hän oli kuin halvaantunut. Hän ei pystynyt liikuttamaan käsiään eikä jalkojaan. Oliko hänelle tehty jotain? Oliko noita antanut hänelle jotain myrkkyä? En kuollut metsään, mutta kuolen noidan vankina mökkiin, samaan mihin Mirkonkin maallinen vaellus päättyi aikoinaan. Ja aivan varmasti tämän saman henkilön toimesta, Sirpa oli siitä nyt varmempi kuin koskaan ennen Varoittamatta noita kääntyi ja katsoi suoraan Sirpaan. Pistävät, mustat silmät porautuivat häneen. Ryppyiset kasvot näyttivät hiilloksen kelmeässä valossa vain mustalta aukolta. Nyt oli liian myöhäistä sulkea silmät. Noita huomasi varmasti, että olen hereillä. Ehkä hän nyt tulee ja tekee lopun kärsimyksistäni, Sirpa ajatteli kauhuissaan.

Noita lähti tulemaan Sirpan vuodetta kohti ja silloin Sirpa näki, mitä myttyä noita oli lattialla suitsukkeen savuilla myrkyttänyt. Lattialla makasi hänen koiransa Leevi. Se näytti elottomalta. Jalat retkottivat omituisessa asennossa ja kieli työntyi ulos suusta.

Sirpa halusi huutaa, mutta ääntä ei tullut. Kädet ja jalat eivät suostuneet toimimaan. Hän makasi kuin halko avuttomana sängyssä ja joutui katselemaan, miten tuo hirviö tappaisi koiran hänen silmiensä edessä. Noita tuli sängyn viereen ja katsoi tarkasti Sirpaa. Hän koitti luisevalla kädellään Sirpan otsaa.
- Tyttö heräsi, noita sanoi ja Sirpakin ymmärsi.
Se ei ollut noitakieltä.
Kenelle se puhuu, ajatteli Sirpa. Oliko täällä muitakin heidän lisäkseen? Tuvan puolelta kuului ääntä. Järkytys ei olisi voinut olla suurempi, kun Meri ilmestyi noidan selän takaa Sirpan sängyn viereen.
Sinä Juudas, olisi Sirpa sanonut, jos olisi saanut ääntä kurkustaan. Nyt hän joutui avuttomana katselemaan, kun nämä

kaksi epäihmistä murhasivat hänen koiransa ja sitten lopettaisivat kaiketi hänet. Todistajia ei saanut jättää. Oliko Merikin joku noidan oppipoika? Varmaan, olihan hänellä jo kokemusta punatulkuista ja metsäpeuroistakin.

- Sirpa-kulta. Kuuntele. Olet hyvin sairas. Älä pelästy, kaikki on hyvin, Meri sanoi ja silitti Sirpan hiuksia.

Kaikki hyvin? Sirpa makasi halvaantuneena kahden hullun vankina, jotka olivat parhaillaan myrkyttämässä hänen ainoaa ystäväänsä. Jos tämä oli hyvin, mikä mahtoi olla huonosti? Sirpa ei pystynyt sanomaan mitään. Hän katsoi Merin lempeitä kasvoja ja kyyneleet alkoivat valua hänen silmistään. Häntä pelotti hirveästi, enemmän kuin koskaan ennen missään.

- Älä Sirpa itke. Voi sinua ressukkaa, olet joutunut kestämään niin paljon, Merin ääni tuntui tulevan jostain maan alta.

Tuntuiko se tällaiselta, kun kuolee? Maailma häviää jonnekin kauas, äänet katoavat, turtumus valtaa koko kehon... Noita kumartui hänen puoleensa. Hänellä oli kupissa jotain ja hän laittoi sen Sirpan huulille. Sirpalla ei ollut mitään mahdollisuutta estää noitaa kaatamasta kitkerää litkua hänen kurkkuunsa. Merin lohdullinen ääni oli viimeinen, minkä hän kuuli ennen nukahtamistaan:

- Kaikki on hyvin. Kun heräät, asiat ovat hyvin, kaikki kääntyy parhain päin.

Sirpa havahtui hereille. Hän muisti heti mitä oli tapahtunut ennen hänen vaipumistaan tajuttomuuteen. Noita ja Meri olivat yhteistuumin olleet myrkyttämässä häntä, ettei hän päässyt auttamaan rakasta Leeviä. Voi Leevi-rakas, ystäväni, mitä he olivatkaan tehneet sinulle. Ja minkä vuoksi? Oliko mitään syytä käydä viattoman luontokappaleen kimppuun.

Sirpa avasi silmänsä. Hän tunsi nyt itsensä terveeksi ja voimakkaaksi. Kädet ja jalat tuntuivat toimivan moitteettomasti, hän kohottautui sängyssä istumaan. Mökissä oli hämärää. Kuinka kauan hän oli mahtanut nukkua? Tuntui, että on kulunut viikkoja siitä, kun lähdin juoksemaan pihasta mökille päin. Missä mahtoi olla noita ja noidan oppipoika Meri?

Tuvan puolelta kuului vaimeaa puheensorinaa. Ääniä oli useampia, siellä oli joku mieskin. Täällähän taisi olla oikein koko Kyöpelinvuoren noitajengi kasassa, Sirpa päätteli. Hyvä juttu. Seuraavan kerran saatte pitää kokoustanne vankilan seinien sisällä.

Sirpa harkitsi, pääsisikö livahtamaan mökin ovesta ulos kenenkään huomaamatta. Hänen vaatteitaan ei näkynyt missään. Oven suussa oli jonkun päällystakki ja saappaat. Hän voisi napata ne ylleen ja syöksyä ovesta ulos. Jos juoksisi kovaa, he eivät ehkä saisi häntä kiinni ja hän ehtisi juosta taloonsa hälyttämään paikalle poliisit. Hän laittaisi nämä kelmit edesvastuuseen julmuuksistaan, vaikka se jäisi hänen viimeiseksi teokseen.

Hiljaa hän astui alas sängystä. Lattia oli paljaille varpaille kylmä, mutta muuten jalat näyttivät terveiltä. Ei paleltumisvammoja. Hän oli luullut, ettei jaloilla enää käveltäisi, niin pahoin olivat varpaat aamutohveleissa jäätyneet. No, hänellä oli ollut onnea. Muutenkin hän tunsi olevansa elämänsä kunnossa. Hän tunsi veren aivan kohisevan suonissaan.

Varovasti Sirpa hiipi kohti ovea koko ajan kuulostellen ääniä. Hän ei halunnut joutua yllätetyksi. Nopeasti hän puki ylleen takin ja saappaat, nappasi vielä hanskatkin naulakosta, kun sellaiset oli kerran tarjolla.

Parempi kertarytinä, kuin ainainen natina, jotain sellaista muisteli Sirpa kuulleensa ja tuuppasi oven auki voimalla. Saman tien hän lähti juoksemaan avoimesta ovesta kohti metsää. Saappaat olivat luultavasti kokoa 45, koska ne eivät tahtoneet pysyä millään Sirpan sirossa 36 numeron jalassa. Juoksu oli pikemminkin jalkojen laahaamista eteenpäin.

Polku onneksi näkyi nyt selvästi. Tältä polulta ei pääsisi eksymään. Ei ollut pimeää, mutta hämärä oli laskeutumassa. Kellon täytyi olla neljän paikkeilla. Ihmisiä liikkuisi varmasti, kunhan jaksan tielle saakka, Sirpa toivoi ja kiristi tahtia. Toinen saapas putosi jalasta ja Sirpan oli pakko palata hakemaan sitä. Hän huomasi, että avoimesta mökin ovesta kurkkasi joku.

- Hei tulkaa, tyttö karkasi!
- Tuon karhean äänen tuntisin missä tahansa, Sirpa kauhistui. Se oli noita.

Etumatka oli liian lyhyt. Hänen olisi pakko heittää saappaat pois jaloistaan, jos halusi päästä juoksemaan kovempaa. Noita tuskin häntä tavoittaisi, mutta apujoukot, Meri mukaan lukien, saattaisivat olla vikkelämpiä.

Sirpa nakkasi saappaat hankeen ja lähti juoksemaan paljain jaloin polkua pitkin. Hän ei vilkuillut taakseen kaatumisen pelossa. Kuvitteliko hän vain, vai lähestyikö häntä joku? Kyllä, joku huohotti hänen perässään. Oli pakko kiristää tahtia. Sirpa juoksi henkensä hädässä, keuhkot tuntuivat repeävän, mutta hän juoksi kovempaa kuin koskaan ennen. Toden totta, aivan kuin hänen kuntonsa olisi noussut sitten edellisen juoksukokemuksen. Kepeästi hän ylitti kannot ja risukot, hyppi ilmavasti runkojen yli.

Ei sittenkään tarpeeksi nopeasti. Hän näki metsätien häämöttävän noin sadan metrin päässä ja alkoi jo iloita voitostaan, kun joku tarttui häneen takaapäin. Vahvat käsivarret ottivat hänet tiukkaan otteeseen ja he molemmat kaatuivat päistikkaa hankeen.

- Apua, apua! huusi Sirpa ja rimpuili kaikin voimin noidan otteesta.

Hän ei ollut kuvitellut noidan olevan näin vahva. Hän näytti niin hauraalta, vanhalta mummolta. Ehkä taikavoimat tosiaan antoivat voimaa. Sirpa ei mahtanut mitään häntä kiinni pitävälle henkilölle.

Sirpaa ei kuitenkaan ollut kaatanut maahan noita, vaan Leevi. Leevi Kokko. He makasivat hangessa ja Sirpa tuijotti suoraan miehen tummiin silmiin. Ja nyt tämä näytti jopa hymyilevän. Kauniit hymykuopat ilmestyivät suunpieleen ja silmäkulmissa oli ilkikuriset rypyt.

- Sinä! Päästä irti senkin, senkin… pelsepuubi.

Leevi nousi ylös ja nosti Sirpan olalleen kuin ruohonkorren. Mitkään rimpuilut eivät tehonneet tähän voimamieheen. Kevyesti hän alkoi kantaa Sirpaa takaisin kohti mökkiä.

- Älä vie minua sinne, Leevi. Ole kiltti..., vetosi Sirpa mieheen.

Mies ei sanonut mitään. Päättäväisesti hän marssi polkua pitkin nainen olallaan.

- Sinä et tiedä, mitä ne tekevät siellä. Noitatemppuja.

Leevi jatkoi rivakasti menoaan, mökkiin ei ollut enää pitkälti.

- Ne tappoivat Leevin, meidän Leevin, sinun Leevisi...

Sirpa oli varma, että viimeistään tämä saisi miehen kääntymään pois mökiltä. Vääjäämättömästi tämä kuitenkin jatkoi marssiaan sitä kohti.

- Kuulitko sinä tunteeton moukka! Koirasi on tapettu. Nuo kaksi noitaa tekivät sen!

He olivat perillä. Leevi meni mökin ovesta sisään ja laski Sirpan sängylle. Hän otti Sirpan varpaat käsiensä väliin ja alkoi lämmittää niitä. Leevi puhalteli ja hieroi varpaita ja pian lämpö alkoi mukavasti pistellä varpaan nipukoita.

- Olet sinä hankala tapaus, Sirpa-tyttöseni, Leevi sanoi ja katsoi Sirpaa silmiin.

- Minä en ole mikään sinun tyttösesi, Sirpa kivahti ja tempaisi varpaansa irti Leevin käsistä.

Hän käänsi selkänsä miehelle ja alkoi suu mutrussa tuijottaa seinää.

- Ihan varmasti olet ymmälläsi, Leevi jatkoi, - näin paljon outoja tapahtumia lyhyen ajan sisällä.

- Ainoa asia mikä on todella outoa, Sirpa kääntyi ja katsoi tiukasti miestä silmiin, - on se, että yhden naisen kohdalle osuu näin monta petollista ihmistä.

Leevi katsoi Sirpaa huvittuneena ja Sirpa alkoi kimmastua toden teolla. Häntä oli pidetty pellenä viikkotolkulla. Vedätetty Merin ja Leevin toimesta oikein kunnolla.

- Mikä miestä naurattaa? Sirpa tokaisi kärkevästi.

Nyt Leevi räjähti nauramaan. Hän hekotti niin, että kaatui sängylle. Vedet valuivat silmistä ja mies piteli vatsaansa. Sirpan mielestä tilanne oli vähintäänkin kummallinen. Kieltämättä naurava Leevi oli hauskempi näky kuin surumielinen hahmo, jonka Sirpa oli tavannut vielä edellisellä kerralla.

Uteliaana Sirpa seurasi hysteeristä Leeviä, hän melkein unohti olla vihainen ja loukkaantunut. Hirnuva mies sai hymyn nousemaan väkisinkin suupieleen.

- Aika mikäkö miestä naurattaa..., sai Leevi sanottua. - Olen niin onnellinen!

Ja taas jatkui hekotus.

Sirpa synkistyi. Onnellinen? Niinpä tietysti. Leevi oli tavannut elämänsä naisen, Merin. Ehkä he olivat jo suunnitelleet yhteistä tulevaisuutta, kotia ja lapsia. Mikäpä muu saisi miehen noin sekaisin kuin uutinen kihlauksesta unelmiensa naisen kanssa. Olikohan hääpäivä jo lyöty lukkoon, ajatteli Sirpa kitkerästi. Pääsenkö peräti kaasoksi?

Oli näillä mahtanut olla hauskaa, kun olivat nauraneet takanapäin Sirpan hupsuille haaveille. Sirpa muisti, miten oli kertonut Merille, ystävälleen, tavanneensa ihanan miehen
- Leevin. Kirkkaana oli myös mielessä Merin reaktio. Nyt hän ymmärsi, miksi Meri oli mennyt niin hiljaiseksi. Leevihän oli hänen sulhasensa.

Siinä paha missä mainitaan. Meri astui huoneeseen, Ängeslevän noita perässään. Leevi oli jo hiukan rauhoittunut, vaikka häntä vieläkin tyrskähdytti vähän väliä.
- Mitä taivaan tähden sinä elämöit täällä, kysyi Meri Leeviltä.
- Älä kiusaa Sirpaa, tämä on vielä toipilas. Miten sinä voit, Sirpa-kulta.
Ällistyneenä Sirpa katsoi Meriä. Miten jollain oli pokkaa olla kuin ei mitään olisi tapahtunut. Meri tuli istumaan Sirpan viereen ja laittoi kätensä tämän ympärille.
- Ai että miten voin? Mitäs luulet?
Sirpa vetäisi itsensä pois ja tönäisi Meriä kauemmaksi.
- Olemme sinulle selityksen velkaa, Meri sanoi hiljaa. - Ja kenties myös anteeksipyynnön.
- Niinpä. Annahan tulla anteeksipyyntö niin eiköhän sillä korjaannu koiran tappaminen, miehen varastaminen, luottamuksen pettäminen... Sirpan ääni kohosi. Hän jatkoi huutamista edelleen - Milloin ajattelit kertoa, että Leevi onkin sinun poikaystäväsi? Vai aioitko vain kutsua häihin? Häh?!

Taisi olla huvittavaa kuunnella, miten Sirpa-ressu kertoi ihastumisestaan mysteerimieheen.
Sirpa lietsoi itseään yhä suurempaan kiukkuun.

- Hahhaa, kai te olette nyt kaikki nauraneet tarpeeksi? Voiko pelle poistua sirkuksesta?

Meri, Leevi ja noita katsoivat Sirpaa ja toisiaan hämmästyneinä. Luuliko Sirpa, että Leevi ja Meri olivat pari? Rakastavaisia? Asia valkeni heille ja heitä alkoi hymyilyttää. Jopa vanhan naisen suu venyi hymyntapaiseen. Leevi näytti omahyväiseltä ja hymisteli sängyn päällä. Sirpan mielestä mies näytti mielettömän ihanalta itsevarmassa ilmeessään. Hän karisti ajatuksen heti mielestään.

Meri tokeni ensimmäisenä.

- Höpsistä, Sirpa. Tämä Leevi tässä on minun veljeni. Hän on Mirko.

Sirpa katsoi Meriä säälivästi. Tämän hallusinaatiot olivat pahenemaan päin. Toivottavasti Leevi tietäisi tämän mennessään naimisiin. Hullun kanssa eläminen ei olisi varmasti helppoa. Ainakin Meri oli nyt löytänyt ihmisenmuotoisen veljen. Punatulkut ja muut metsän eläimet lienevät sairauden tässä vaiheessa taakse jäänyttä elämää.

- Ihan totta. Tämä tässä on Mirko, Meri intti.

Sirpa katsoi Leeviä. Kai tämä edes voisi sanoa tuohon jotain. Mutta mies vain hymyili, hänhän oli niin onnellinen. Sanoisi edes noita jotain, kai tällä oli sen verran älyä jäljellä myrkkyjenkin haistelemisen jälkeen. Mutta kukaan ei sanonut mitään. Kaikki kolme katsoivat Sirpaa odottavaisen näköisinä.

- Juu, juu, ilman muuta, Sirpa myötäili.

Harhaisille ei parane väittää vastaan, etteivät vielä ala aggressiivisiksi.

- Sinä et usko, Meri sanoi vaitonaisena. - Minun täytyy näyttää sinulle jotain. Tule.

Meri otti Sirpaa kädestä ja johdatti pieneen tupaan. Kun silmä tottui hämärään, Sirpa näki keskellä tuvan lattiaa lakanan. Sen alla oli jotain. Lakanalla oli peitetty jotain, kuin ruumis? Ihmisen ruumis? Se oli ihmisen kokoinen. Miksi Meri halusi näyttää hänelle tämän, ellei... Sirpa polvistui lattialle. Häntä pelotti kohottaa lakanaa. Hän pelkäsi, mitä sieltä löytyisi. Vapisevin käsin hän nosti puhtaan, valkean lakanan nurkkaa.

Alta paljastunut musta karva paljasti heti, mistä oli kysymys. Se oli Leevi. Leevin ruumis. Koira oli kuollut. Sirpa veti lakanan kokonaan pois koiran päältä. Leevi näytti nukkuvan. Se oli rauhallisen näköinen, silmät olivat kiinni ja kuono siisti. Sirpa painoi päänsä sen pehmeään turkkiin ja haisteli koiran tuttua hajua. Hän silitteli sen päätä ja rapsutti korvan takaa. Hän nosti koiran pään syliinsä.

- Leevi, Leevi, paras ja ainoa ystäväni, koirakulta, koirakulta, Sirpa hoki Leevin nimeä kuin taianomaista mantraa, joka herättäisi tämän taas henkiin.

Ihmettä ei tapahtunut. Leevi oli ja pysyi kuolleena. Kuolleena kuin kivi.

Leevi oli murhattu, oli Sirpan ensimmäinen ajatus. Ja asialla olivat olleet hänen ystävänsä ja noita, kenties tämä naurava kulkurikin oli ollut mukana päättämässä viattoman eläimen päiviä. Silmät vihaa uhkuen hän kääntyi Merin puoleen.

- Te teitte tämän, te murhasitte Leevin.

Meri katsoi Sirpaa silmät kyynelissä.

- Leevi uhrasi henkensä Mirkon puolesta.

- Te tapoitte Leevin, sinä ja tuo noita, Sirpa sähisi.

- En minäkään olisi halunnut luopua Leevistä, Meri sanoi ja itki jo ääneen. - Teimme kaikkemme, jotta näin ei olisi käynyt.

- Varmaan niin, heittelitte myrkkyä niskaan ja sen sellaista?

Sirpa piti edelleen koiran päätä sylissään ja keinutti sitä edestakaisin kuin lasta.

- Ei. Yritimme pelastaa sen. Emme onnistuneet. Mirkon saimme kuitenkin palaamaan terveenä ja siitä olemme onnellisia.

- Niinhän te olette onnellisia koko riivatun sakki. Entäs minä? Minä jään ihan yksin. Minulle ei jää mitään, ei edes koiraa. Minulta on viety kaikki, tajuatko, ihan kaikki!

Sirpa alkoi parkua suureen ääneen. Yhtä hysteerisesti Sirpa nyt itki, kuin Leevi oli vain hetki sitten nauranut. Koiran pää sylissään hän itki lohdutonta itkua. Tällä surulla ei ollut mitään rajaa. Hän oli menettänyt parhaan ystävänsä, rakkaan lemmikkinsä. Ei. Ei Leeviä voinut kutsua lemmikiksi, se oli paljon enemmän. Hän ei toipuisi tästä ikinä. Kunpa hän kuolisi tähän paikkaan. Ehkä hän pääsisi Leevin kanssa taivaaseen tai jonnekin avaruuteen henkien kotiin. Tänne oli liian raskasta jäädä.

136

Meri, vanha nainen ja mies seisoivat hiljaisina Sirpaa katsellen. Kukaan ei sanonut mitään, sanoja ei yksinkertaisesti ollut. Merin kasvoille valui vuolaat kyyneleet. He antoivat Sirpan itkeä, lohdutuksen sanoja ei löytynyt.

He menivät toiseen huoneeseen odottamaan, että Sirpa saisi hyvästeltyä koiran. He antaisivat tähän aikaa niin paljon kuin se vaatisi. Mutta siihen ei tainnut mikään maailman aika riittää.

14

Sirpa tuli silmät punaisina ja kasvot turvoksissa pois koiran luota.

- Voisimmeko haudata Leevin? Eikö se ole ansainnut päästä haudan lepoon.

- Totta kai, mies sanoi ja laittoi saappaat jalkaan. - Minulla on jo paikka valmiina. Tuletko mukaan katsomaan?

Sirpa otti takin naulasta ja lähti ulos miehen perässä. Pienen matkan päässä mökistä oli maahan kaivettu kuoppa, suuri hauta.

- Tähän tulee kesällä ihana kukkaniitty. Riippakoivu on myös upea. Tässä on hyvä levätä, mies sanoi ja tarkisti, että Sirpa ymmärsi.

Hyvä on. Tuodaan Leevi tänne. Leevi?

Sirpa katsoi mieheen. Hän oli kokeeksi kutsunut tätä Leeviksi. Halusiko tämä itseään kutsuttavan Mirkoksi? Mies kääntyi Sirpan puoleen.

- Voit kutsua minua Mirkoksi. Minä olen Mirko.

Sirpa ei väittänyt vastaan, nyt hän ei jaksanut. Leevin hautaaminen vaati kaiken jäljellä olevan energian mikä Sirpalla oli enää jäljellä.

He kantoivat koiran hautaan. Leevi oli kääritty valkoiseen lakanaan. Noita ja Meri tulivat haudalle myös ja jostain he olivat löytäneet kukkiakin. Keskellä talvea, keskellä metsää? Sirpa ei ihmetellyt enää mitään.

Sirpa ja Meri lauloivat haudalla vapisevalla äänellä Ystävä sä lapsien. Virren loppuosa hukkui molempien nyyhkytyksiin. Vanha nainen lausui Isä meidän -rukouksen. Se ihmetytti Sirpaa. Eikö tämä ollutkaan pakana? Uskonnollinen noita, jo oli aikoihin eletty. Lopuksi Mirko peitti haudan ja koiran ruumis hävisi näkyvistä ikuisiksi ajoiksi. Sirpa nyyhki, hänellä oli hirveä ikävä koiraa. Hän tunsi melkein fyysistä kipua.

He seisoivat haudan äärellä jokseenkin epätietoisena siitä, mitä seuraavaksi pitäisi tehdä. He katsoivat toisiaan, kuin olisivat heränneet jostain painajaisesta. Ängeslevän noita lähti kävelemään pois sanomatta sanaakaan.

- Kiitos kaikesta, huusi Meri noidan perään.

Noita kääntyi ja huiskautti kättään. Ihmeen liukkaasti vanha nainen liikkui. Kohta hän oli jo hävinnyt näköpiiristä tyystin. Sirpa kääntyi vielä mökille. Hän hakisi tavaransa ja lähtisi kotiin. Olisi varmasti viisainta, että hän soittaisi äidilleen ja ilmoittaisi tulevansa takaisin kaupunkiin. Kokonaan. Hän purkaisi talon vuokrasopimuksen ja palaisi maitojunalla äidin helmoihin. Tuskin hänen vanhemmillaan olisi mitään sitä vastaan. Luultavasti he olisivat asiasta pelkästään iloisia. Hänelle itselleen oli nöyryyttävää tunnustaa, ettei pärjännytkään yksikseen maailmalla. Mutta silti, hän ei uskonut, että kestäisi elämää talossaan ilman Leeviä.

Vielä viimeisen kerran Sirpa katsoi mökkiä, missä oli kokenut niin hirvittäviä asioita. Hän tuskin palaisi tänne ikinä enää. Kenties joskus, oikein pitkän ajan päästä hän tulisi perheineen katsomaan Leevin hautapaikkaa. Hän kertoisi lapsilleen ihanasta koirasta, joka oli kerran ollut enemmän kuin ystävä hänelle.

Sirpa lähti rivakasti kävelemään polkua pitkin talolleen. Hän ei vilkaissutkaan Meriin ja Mirkoon. Nämä tehkööt mitä lystäävät. Leikkikööt mielikuvitusleikkejään tai menkööt naimisiin, ihan sama. Haluan vain pois täältä, pois näiden ihmisten luota. Nämä ihmiset ovat tappaneet minun koirani. Nämä ihmiset ovat tappaneet minut.
- Sirpa! Älä luulekaan, että me päästämme sinut lähtemään yksin kotiin tämän kaiken jälkeen.
Meri juoksi polulla Sirpan perässä. Sirpa kiristi tahtia. Eivätkö nuo jättäneet häntä ikinä rauhaan? Enkö ollut saanut tarpeeksi kärsiä heidän takiaan? Hän ei ollut kuulevinaankaan Merin huutoa.
- Sinun täytyy uskoa, että kaikki tämä tapahtui meidän parhaaksi, myös sinun.

Sirpa puri hammasta ja marssi eteenpäin. Oli näillä otsaa! Minun parhaakseni? Enää pari mutkaa ja pääsen kotiin. Laitan oven lukkoon ja jätän nuo kaksi mielestäni ikuisiksi ajoiksi.

- Minä tiedän, että pidät Mirkosta. Hänkin pitää sinusta. Älä heitä hukkaan tilaisuutta. Teillä on tulevaisuus yhdessä.

Oliko Meristä tullut kaiken muun lisäksi vielä selvänäkijäkin? Ei ollut noidan opit menneet hukkaan. Uskomatonta soopaa tyttö päästi suustaan, Sirpa puhisi itsekseen. Mikään ei viitannut siihen, että Mirko olisi tippaakaan kiinnostunut hänestä.

- En voi päästää sinua menemään yksin kotiin. Sinä olet ollut vakavasti sairas. Olit tajuttomana melkein kolme päivää, kun jäädyit hankeen. On ihme, että olet yleensä hengissä! Meri jatkoi huutamista.

Sirpa pysähtyi kuin seinään. Hän kääntyi. Meri puuskutti hänen perässään ja jäi seisomaan hänen eteensä.

- Mitä sinä sanoit? Sirpa tuijotti Meriä.

- Olit kuolla...Meri sanoi hiljaa - ja se on ihan minun syyni. Päästin sinut lähtemään taloltasi ilman vaatteita sen hirveän illan jälkeen, kun Mika oli käynyt luonasi.

Sirpa muisti hyvin sen illan. Mirko oli pelastanut hänet Mikan kynsistä. Mies tosin oli hävinnyt pian sen jälkeen ja Sirpa oli lähtenyt etsimään Leeviä, kuin hullu ilman päällysvaatteita pakkasella. Yön pimeydessä hän oli hiukan eksynyt polulta ja matka mökille oli kestänyt kauemmin, kuin tavallisesti. Mutta sehän oli eilen, vai tänään? Ja hän voi nyt kerrassaan erinomaisesti, oikeastaan paremmin kuin hyvin. Puhuiko Meri

140

totta? Olihan hän kylmissään, mutta ei kai se nyt noin vakavaa ollut.

- Mitä ihmettä sinä nyt oikein sekoilet? Sirpa tuhahti Merille.

- Löysimme sinut mökin ovelta tuupertuneena, varpaat ja sormet melkein kuoliossa, tuskin hengitit edes. Ruumiinlämpö oli laskenut vaarallisen alas. Voi, se oli hirveää!

Sirpa katsoi Meriä epäuskoisena. Kuinka monta päivää oli kulunut siitä, kun hän lähti taloltaan aamutohveleissa juoksemaan mökille? Ja miten ihmeessä hänet oli saatu elävien kirjoihin siellä jumalan selän takana?

- No, kerro nyt ihmeessä, miten minä olen vielä elossa, Sirpa halusi tietää, mitä mökillä oli tapahtunut.

- Kävellään talollesi, en halua, että palellut uudelleen.

Meri otti Sirpaa kädestä ja he kävelivät eteenpäin.

- Ängeslevän noita paransi sinut. Hän oli mökillä parantamassa Mirkoa. Siksi Leevikin oli siellä - ja sinäkin kai, Meri puhui hiljaisella äänellä.

- Ängeslevän noita! Sirpa parkaisi.

- Juuri niin. Jos noitaa, siis rouva Hildur Ängeslevää ei olisi ollut paikalla lääkkeineen, en tiedä, miten sinun olisi käynyt. Emme olisi mitenkään saaneet sinua sairaalaan ajoissa täältä metsän keskeltä.

Sirpa oli mykkänä. Noita oli lääkinnyt häntä mökissä, kuinka kauan, päivän, viikon? Sirpa muisti hämärästi maanneensa sängyssä ja välähdyksen hirveästä näystä, missä Leevi oli maannut lattialla noidan suihkiessa sitä savuillaan. Se kaikki oli siis tapahtunut oikeasti.

- Miten kauan olen maannut mökissä? Sirpan oli pakko kysyä.

- Melkein viikon, Meri vastasi.

- Viikon? Ei voi olla totta, vanhempani ovat varmasti huolissaan ja Piia, kaikki. Apua, olen varmasti etsintäkuulutettu, Sirpa huolestui.

- Hain kotoasi puhelimesi. Ilmoitin vanhemmillesi, Veikolle ja Piialle, että olet viikon poissa.

- Viikon poissa? Kai nyt joku ihmettelee, jos ihminen on poissa? Missä poissa? Mitä te sanoitte heille?

- Sanoin, että viemme sinut yllätysretkelle erämökille viikoksi.

- Oletko hullu? Mitä jos olisin kuollut? Olisitko kertonut heille, että voi, voi, kun Sirpa nyt ikävä kyllä paleltui retkellä hankeen ja kuolla kupsahti… Mikä älytön suunnitelma.

- Niin kai, mutta en keksinyt parempaa siihen hätään. Ja totta, kyllä Piia ainakin ihmetteli kovasti. Mutta emme halunneet ketään vieraita mökille sinä aikana, kun hoidimme Mirkoa. Se olisi voinut pilata koko jutun.

- Pilata koko jutun? Minkä jutun?

Sirpaa hermostutti Merin sekava tarina. Onneksi he olivat jo talolla ja Sirpa voisi jatkaa tästä yksinkin.

- Kiitos nyt kovasti sinulle Meri kaikesta. Ehkä nähdään joskus, ehkä ei.

Sirpa kääntyi mennäkseen sisään.

- Minä tulen mukaasi, Meri sanoi päättäväisesti ja tunki Sirpan edellä taloon.

Sirpan ei auttanut muu kuin mennä Merin perässä tupaan. Ei kai tuosta nyt haittaakaan ollut.

Sirpa keitti kahvia ja paistoi munia. Hän tunsi itsensä nälkäiseksi. Aivan kuin hän ei olisi syönyt pitkiin aikoihin, viikkoon? Oliko hän tosiaan ollut niin sairas, kuin Meri sanoi. Millä konstilla vanha nainen pelasti hänet kuoleman porteilta? Ehkä hän tosiaan oli sitten noita. Hänen täytyi käydä kiittämässä noitaa vielä ennen lähtöään.

He istuivat ja söivät hiljaisuuden vallitessa. Sirpan mieltä poltteli useatkin kysymykset, mutta hän pelkäsi vastauksia. Kaikki tuntui olevan liian kummallista, epäluonnollista. Kysymyksiin ei löytyisi järjellisiä vastauksia. Kenties olisi paras jatkaa elämäänsä eteenpäin kuvitellen, ettei mitään tällaista ollut tapahtunutkaan. Kaupungissa unohtaminen olisi helppoa.

- Minä lähden nyt, mutta Mirko tulee tänne, ettei sinun tarvitse olla yksin, Meri sanoi.

- Mikä ihme saa sinut kuvittelemaan, että en haluaisi nimenomaan olla yksin, Sirpa kivahti.

Meri vaikeni. Hänestä oli ikävää, että Sirpa oli noin pahalla mielellä, mutta hän ymmärsi syyt. Hän oli joutunut kokemaan kovia.

- Missään nimessä me emme jätä sinua vakavan sairauden jälkeen yksin yöksi, Meri sanoi ja alkoi laittaa takkia ylleen.

Ulko-ovi kolahti ja Mirko astui sisään. Hänellä oli lumihiutaleita tummilla kutreillaan ja posket punottivat. Hän oli terveen nuoren miehen perikuva. Mies ei taaskaan puhunut mitään, katsoi vain Sirpaa, nyökkäsi Merille ja riisui ulkovaatteet naulakkoon. Meri lähti. Hän lupasi tulla aamulla katsomaan Sirpaa herättyään.

Tästä tulee pitkä ilta, Sirpa tuumi. Hän mulkaisi Mirkon suuntaan ja meni sanaakaan sanomatta sohvalle. Hän napsautti tv:n päälle. Televisiosta tuli jääkiekkoa. Ei voisi vähempää kiinnostaa, mutta pelkkä hiljaisuus oli liian painostava. Metelissä Mirkon läsnäolon voisi kestää paremmin. Hän ajatteli joka tapauksessa mennä aikaisin nukkumaan. Aamulla hän soittaisi vanhemmilleen ja ilmoittaisi tulostaan. Tämä elämysretki olisi sitten siinä.

Mirko asettui istumaan nojatuoliin häntä vastapäätä. Sirpaa kiusasi miehen tuijotus. Posket alkoivat punottaa hänen tahtomattaan ja mieluiten hän olisi noussut ylös ja kadonnut miehen katseen alta. Sitä iloa hän ei kuitenkaan halunnut miehelle antaa. Naurakoon hänelle ihan rauhassa, jos se tuotti jotain iloa. Hauska nähdä, että nykyään miehen elämässä näytti olevan ilonaiheita huomattavasti enemmän kuin ennen.
- Sirpa, Sirpa…
Katsos vaan, mies puhui. Kenties tästä syntyisi vielä suuri filosofinen keskustelu, jos mies saisi sanottua jotain muutakin kuin ”Sirpa, Sirpa”. Sirpa ei halunnut viedä keskustelua eteenpäin, vaan tuijotti ruutua tiiviisti eikä sanonut mitään. Hän ei kuitenkaan voinut olla täysin noteeraamatta miehen edustavaa ulkonäköä istuvissa farkuissa ja muodikkaassa paidassa. Mirko kävi melkein valokuvamallista, niin komea hän oli. Olisipa mies rumempi, Sirpa toivoi synkkänä.

- Sirpa. Kuuntele. Sinun täytyy antaa anteeksi kömpelyyteni. Seurustelutaitoni ovat hiukan ruosteessa, Mirko aloitti. - En, katsos, ole ollut viehättävän tytön seurassa yli kahteenkymmeneen vuoteen...Niin, siis ainakaan tässä olomuodossa, siis miehenä, oikeana miehenä...

Voi herran jumala, taasko se alkaa. Tässä olomuodossa? Mirko ja Meri jaksavat jankuttaa niistä eläimistä, tulkut ja peurat, noidat ja koirat. Olen totisesti iloinen, kun pääsen täältä kaupunkiin, missä kenenkään mielikuvitus ei riitä moisiin hullutuksiin, Sirpa ajatteli vimmoissaan.

- Oikeana miehenä? Sirpa kivahti.

- Niin, miehen ruumiissa ja sillä tavalla...

Mirkon avuttomuus olisi naurattanut Sirpaa ellei hän olisi ollut niin raivoissaan ja väsynyt.

Mirko huomasi, että hänen yrityksensä selittää eivät saaneet vastakaikua Sirpalta. Tyttö näytti entistä vihaisemmalta.

- Lopeta nyt mies parka hyvän sään aikana nuo naurettavat tarinat muista olomuodoista. Miten te Merin kanssa voitte edes kuvitella, että kukaan tervejärkinen aikuinen ihminen uskoisi johonkin sielunvaellukseen. Tuo on aivan pöyristyttävää satua. En halua kuulla enää yhtään sanaa mistään punatulkuista tai metsäpeuroista. Onko selvä?!

Koska Sirpa huusi naama punaisena ja kurkku suorana, Mirkolla ei ollut mitään syytä epäillä, että hän ei olisi ollut tosissaan. Mies vaikeni ja vakavoitui.

- Tuota, Mirko epäröi hetken, - entä jos sanoisin, että olen ollut kaksikymmentä vuotta Lapin erämaassa Kaamasessa erään vanhan naisen poikana. Minut kuljetettiin sinne lapsena, kuusivuotiaana, eikä kukaan täällä tiennyt olemassaolostani ennen kuin vasta nyt.

Mirko katsoi toiveikkaana Sirpan suuntaan. Leppyisikö nainen?

Sirpa käännähti yllättyneenä. Tuo alkoi kuulostaa jo järkeenkäyvältä selitykseltä. Tietenkin! Niinhän sen täytyi olla. Poika oli kaapattu jonkun mielipuolen toimesta kauas pohjoiseen, eikä häntä ollut osattu etsiä sieltä. Kaikki Merin ja hänen vanhempiensa höpinät punatulkuista ja peuroista olivat olleet silkkaa toiveajattelua ja hulluutta. Tämähän selitti kaiken. Myös sen Kaamasessa olevan puhelinnumeron, Leevi Kokon puhelinnumeron.

- Miten sinä nyt sitten löysit perheesi, sisaresi ja vanhempasi? Kaikkien näiden vuosien jälkeen? Sirpa kysyi jo hieman pehmeämmällä äänellä.

Hänen täytyisi olla kiltimpi Mirkolle, tämä oli kärsinyt kovasti. Mirko katsoi Sirpaa silmät suurina.

- Aivan niin. Hyvä kysymys. Miten minä sitten nyt osasin tulla tänne kaikkien näiden vuosien jälkeen...Todella hyvä kysymys, Sirpa...

Oliko mies hidasälyinen? Vai miksi tämä koko ajan toisteli kysymykset, Sirpa ihmetteli. Mirko näytti pinnistelevän kapasiteettinsa äärirajoilla koittaessaan pusertaa vastauksen Sirpan esittämään yksinkertaiseen kysymykseen. Sirpa melkein pystyi kuulemaan, miten Mirkon päässä isopyörä raksutti.

- Tuota... Mirkon ilme kirkastui, kun hän jatkoi: - Tämä valeäitini kuoli ja viimeisinä sanoinaan hän kertoi varasta-

146

neensa minut pienenä täältä ja haluavansa nyt päästää minut takaisin kotiin. Niinpä hän kertoi kuka olen ja minne kuulun.

Mirko näytti tyytyväiseltä itseensä annettuaan Sirpalle näin selkeän ja tyhjentävän vastauksen.
- Entä syöpä? Sinähän olit vakavasti sairas kun katosit?
- Tosiaan, niinpä olinkin, juu.

Mirko rypisti otsaansa ja näytti hajamieliseltä professorilta tuumiessaan taas Sirpan antamaa pähkinää. Sirpa ei voinut olla salaa hymyilemättä, mies näytti pikkupojalta istuessaan tuolissa kulmat kurtussa. Ei ihan taida pelata järjenjuoksu Mirkolla, mutta ymmärtäähän sen, jos on asunut koko ikänsä erämaassa jonkun oppimattoman erakon kanssa. Osasikohan tuo edes lukea, mietti Sirpa myötätuntoisesti.
- Katsos, se parani siinä sitten ihan itsekseen, söin jäkälää ja sen sellaista. Luonnonravintoa, näetkös. Se auttaa moneen vaivaan. Eikös nyt voitaisi jo jättää tämä aihe. Tulee niin ikäviä muistoja mieleen. Nythän kaikki on hyvin, eikö?

Sirpa katsoi ällistyneenä miestä. Jäkälää? Ihan varmasti syöpä paranee jäkälää jyrsimällä. Sirpa ei nyt kuitenkaan jaksanut pohtia asiaa enempää. Mirko oli oikeassa. Aiheen voisi jättää ihan hyvin.
Ja sitä paitsi, Sirpahan oli päättänyt lähteä täältä takaisin kaupunkiin, joten asialla ei tosiaankaan ollut merkitystä.

- Taidan mennä nukkumaan, Sirpa sanoi ja nousi mennäkseen kamariin.

- Mene vain, minä voin nukkua tässä kamarin ulkopuolella, Mirko sanoi. Kun Sirpa katsoi häntä kummastuneena, Mirko korjasi: - tarkoitan siis tietenkin että nukun tässä sohvalla. Hyvää yötä.

Sirpa meni nukkumaan, mutta näki outoja unia Leevistä, noidasta, Meristä ja Mirkosta. Leevi puhui unessa hänelle, kuin ihminen. Koira käski Sirpan jäädä taloon ja antaa Mirkolle mahdollisuus. Heistä tulisi vielä onnellinen pari.

Aamulla Sirpa havahtui tuvasta kuuluvaan supinaan. Hän kohottautui sängyssä kuullakseen paremmin, mitä siellä puhuttiin. Hän tunnisti Mirkon ja Merin äänet. Meri oli siis tullut jo. Paljonkohan kello oli? Hän oli nukkunut todella hyvin ja raskaasti. Hän muisti näkemänsä unen ja hymyili. Oli ollut ihana nähdä taas Leevi, edes unessa.

- Siis mitä sinä kerrot Sirpalle? Sirpa kuuli Merin kuiskaavan.
- Minun oli pakko keksiä joku parempi tarina, Sirpa raivostui ihan hirveästi, kun yritin kertoa..., Mirko supatti.
- Haluatko sinä valehdella Sirpalle? Meri keskeytti Mirkon vihaisena.
- En tietenkään, mutta ehkä tässä tapauksessa on viisaampi suojella häntä totuudelta.

Sirpa nousi sängystä ja hiipi kamarin ovelle. Hän yritti pinnistää kuuloaan, ettei sanaharkka menisi häneltä ohi. Heillä tuntui olevan tärkeää puhuttavaa.

148

- Minä olen jo kertonut Sirpalle kaiken, alusta alkaen, sinun katoamisestasi saakka. Ei meillä ole mitään salattavaa, Meri puhui kiihkeästi.

- Niin kai olet. Arvaa vaan, uskooko Sirpa sanaakaan sinun jutuistasi. Hän lienee jo varannut sinulle ajan mielenterveystoimistosta...

- Tuo ei ole totta. Sirpa ymmärtää kyllä, kun selitämme juurta jaksain, Meri ei antanut periksi.

- Mitä se hyödyttää? En halua, että hän alkaa pitää minua jonain kummana epäihmisenä tai mörkönä. Hän ei ikinä halua olla minun kanssani, jos kerron että...

Sirpan puhelin alkoi soida. Mirko ja Meri kääntyivät ja huomasivat Sirpan seisovan ovella. He vilkaisivat toisiaan ja vaikenivat. Kieltämättä sisaruksissa, jos he kerran sisaruksia olivat, oli samaa näköä: tummat hiukset ja silmät, naururypyt silmäkulmissa ja suloiset hymykuopat.

Sirpa vastasi puhelimeen. Siellä oli äiti.
- Oliko sinulla hauskaa eräretkellä, kultaseni? Äidin iloinen kalkatus lohdutti Sirpaa.
Ainakaan jotkut asiat eivät muuttuneet.
- Oli kyllä, oikein mukavaa. Olen aika väsynyt vielä. Soitellaanko myöhemmin.
Sirpa ei halunnut puhua kotiinmuutostaan vielä, eikä ainakaan Merin ja Mirkon aikana. Hän meni keittiöön.
- Niin huomenta vaan, te olettekin jo heränneet, kylläpä nukutti, Sirpa meni hakemaan kahvia.

Meri oli jo laittanut aamiaista. Se maistuikin. Nyt Sirpalla oli pitkästä aikaa tunne, että elämä sittenkin voittaisi.

He istuivat pöydässä hiljaa. Mirko ja Meri pälyilivät toisiaan kuin kaksi pahanteosta kiinni jäänyttä pikkulasta.
- En kai keskeyttänyt mitään? Sirpa katkaisi hiljaisuuden.
- Teillä oli joku sisarellinen keskustelu menossa?
- Et tietenkään. Me Mirkon kanssa juuri puhuimme, miten mukavaa, että olemme vihdoinkin kaikki yhdessä, Meri ehätti vastaamaan.
- Niin. Olipa se onni, että Mirko löytyi sieltä Kaamasesta kuin ihmeen kaupalla, Sirpa jatkoi haastavasti.
Mirko loi varoittavan silmäyksen Meriin. Tämä pitikin suun-sa kiinni. Ilmeisesti isoveljen auktoriteetilla oli tehty päätös pitää kiinni Kaamasen tarinasta, Sirpa ajatteli.

- Muuten, minä olen ajatellut muuttaa takaisin kaupunkiin, Sirpa töksäytti suoraan.
Meri näytti kauhistuneelta, Mirko sai sämpylän väärään kurkkuun.
- Miksi ihmeessä? Juuri nyt, kun kaikki alkaa selvitä ja muut-tuu taas hyväksi? Meri sanoi. - Et saa, et mitenkään voi.
- Ja mikähän minua täällä pidättelisi? Leevi on kuollut, Sirpan ääni sortui.
Ikävä kaatui taas kuin tiiliseinä hänen päällensä.
Mirko nousi pöydästä sanomatta sanaakaan. Hän puki takin ylleen ja lähti ulos. Hän ei edes hyvästellyt. Meri istui hiljaa pöydän äärellä ja tuijotti käsiinsä.
- Oletko tosiaan jo päättänyt asian? hän sanoi hiljaa.

- Kyllä olen. Luultavasti lähden jo tänä iltana. Tulen hakemaan tavarat myöhemmin.

- Kunpa asiat olisivat menneet toisin, Meri sanoi, - mutta toivon sinulle kaikkea hyvää elämässäsi.

Meri ei voinut enää pidätellä itkuaan. Hänkin nousi ja lähti juosten ulos ovesta.

15

Sirpa istui turtana ja tuijotti tyhjin silmin ikkunasta ulos. Harmaa aamu kuvasi hyvin hänen mielialaansa. Tämän alemmaksi ei voinut vajota. Suunta lienee siis ylöspäin. Hänen tullessaan tähän taloon, hän oli masentunut. Hänen muuttaessaan pois, hän oli vieläkin masentuneempi. Siinä välissä ehti toki tapahtua paljon hyviäkin asioita.

Sirpa meni kamariin pakkaamaan vaatteitaan. Jospa hän kuitenkin menisi ensin Piian luo pariksi päiväksi. Olisi liian kiusallista selittää äidille, miksi hän taas muutti. Piian luona hän rauhoittuisi sen verran, että olisi valmis kohtaamaan vanhempansa. Veikolle pitäisi ilmoittaa myös, ettei hän tarvinnutkaan polttopuita lisää.

Sirpa istahti vuoteelle ja katseli ympärilleen. Tämä talo oli tullut hänelle niin kovin rakkaaksi. Jos asiat olisivat menneet toisin, hän olisi voinut kuvitella viettävänsä täällä vaikka koko loppuelämänsä. Kenties Mirkon kanssa he olisivat perustaneet perheen, saaneet lapsia, hoitaneet eläimiä. Miksi kaikki mihin kosken hajoaa palasiksi? Sirpa heittäytyi sänkyyn itkemään.

Ovelta kuuluva kolahdus havahdutti Sirpan. Hän nousi pelästyneenä istumaan. Jäikö ulko-ovi lukitsematta Merin lähdön jälkeen? Tuliko joku?
- Kuka siellä? Sirpa huuteli, mutta vastausta ei kuulunut.
Mikan vierailu vielä tuoreessa muistissaan hänestä oli näköjään tullut pelokas ressukka. Yksinäinen naisihminen ei välttämättä ollut turvassa syrjäisessä talossa. Ainakaan ilman vahtikoiraa.

Sirpa katsoi ympärilleen, olisiko lähellä jotain aseeksi kelpaavaa. Hän muisti sängyn alla olevat kävelysauvat, jotka hän oli työntänyt sinne muuttopäivänä. Kuntoilu oli jäänyt muiden harrastusten lomassa hiukan vähälle. Nyt sauvat olisivat kuitenkin hyödyksi. Niillä Sirpa kumauttaisi tunkeilijaa.

Sirpa siirtyi hitaasti ovelle. Hän kurkkasi sauvat tanassa ovesta tuvan puolelle. Huoneessa ei näkynyt ketään. Oliko rosvo piiloutunut keittiöön? Sirpa lähti varovasti hiipimään kohti keittiötä. Talossa oli aivan hiljaista. Oliko hän kuullut harhoja, Sirpa alkoi epäillä itseään.
Hän oli juuri kääntymäisillään takaisin kamariin, kun kuuli kolahduksen pöydän alta. Sirpan karvat nousivat pystyyn. Tunkeilija oli pöydän alla piilossa. Sieltäkö kelmi aikoi hyökätä hänen kimppuunsa. Sydän pamppaillen Sirpa lähestyi suurta pirtin pöytää. Pöytäliina peitti näkyvyyden. Rosvon henkilöllisyys ei paljastuisi ennen kuin Sirpa vetäisisi liinan

pois pöydän päältä. Niin kai oli sitten tehtävä, tuumi Sirpa, rohkaisi itsensä ja kiskaisi liinan ilmaan vauhdikkaasti. Samalla lensivät lattialle aamuiset kahvikupit ja sokeriastia.

Valmiina täräyttämään uhkaajaa kävelysauvoilla Sirpa kurkkasi pöydän alle. Hän joutui asettumaan kontilleen, että näki vihollisensa. Pöydän alta löntysteli esiin pikimusta koiranpentu. Vielä hiukan horjuvin askelin pieni olento tassutteli suoraan Sirpan eteen. Se tapitti Sirpaa mustilla nappisilmillään ja lorautti iloisena pienen lammikon innostuksissaan. Sen piskuinen häntä vispasi ilmaa, kuin konsanaan suuremmankin koiran.

Sirpa työnsi sauvat kauemmaksi ja otti pienen olennon syliinsä. Sen turkki oli pehmeä, vielä vauvankarvaa. Vaaleanpunainen kieli pilkotti terävien pentuhampaiden välistä. Silmät olivat valppaat ja älykkäät.
- Kuka kumma sinä olet, Sirpa nauroi koiralle, - ja mistä olet ilmestynyt minun pöytäni alle?

Hän otti koiran ja meni sohvalle silittelemään suloista pentua. Koirassa oli jotain tuttua. Älykkäät, tummat silmät, kiiltävä musta turkki, paksu kuono. Ajatus kaiversi hetken jossain alitajunnassa, kunnes putkahti esiin kirkkaana kuin kristalli.

- Leevi! Sirpa nosti kauhuissaan koiran eteensä. - Oletko sinä Leevi?

Sirpan päässä humisi. Tämä oli liian kauheaa. Pääsisikö hän koskaan vapaaksi tästä kirouksesta. Koira oli ilmestynyt kuin tyhjästä tänne taloon. Tämän täytyy olla noidan ja Merin juonia. Jos he sittenkin puhuivat totta muodonmuutoksista ja eläinjutuista. Nyt he olivat muuttaneet Mirkon koiraksi, koska Sirpa ei suostunut uskomaan heidän tarinaansa. Vai oliko tämä sittenkin Leevi-koiran haamu, joka ilmestyi Sirpan luokse lohduttamaan surussa?

- Voi ei, mitä minä olen mennyt tekemään. Leevi-kulta vai pitäisikö minun sanoa Mirko-kulta…

Sirpa otti koiran syliinsä.

- Anna minulle merkki, että ymmärrät. Leevi, oletko sinä Leevi? Oletko sinä Mirko?

Sirpa tuijotti koiraa. Pentu heilutti häntäänsä ja haukahti pienellä äänellä.

- Voi se olet sinä, Leevi-pieni.

Sirpa puristi koiraa rintaansa vasten onnellisena. Pian hän vakavoitui.

- Olen menettänyt miehen. Minun takiani Mirko on kahlittu jälleen koiran ruumiiseen.

Äkkiä Sirpa tiesi, mitä piti tehdä. Hän otti koiran ja laittoi sen koriin. Hän lähtisi ajamaan noidan luo nyt heti. Kenties ei olisi liian myöhäistä palauttaa koira takaisin ihmiseksi. Sirpa tekisi kaikkensa korjatakseen aiheuttamansa vääryyden. Mirko oli joutunut kärsimään jo kaksikymmentä vuotta ja hänen takiaan hän joutuisi kärsimään vielä kenties seuraavatkin kaksikymmentä vuotta. Nyt oli kiire. Sirpa nappasi takkinsa ja autonavaimet ja syöksyi ovesta ulos kori kädessään.

Ovesta rynnätessään hän lennähti suoraan sisälle astuvan Mirkon syliin.

- Iik! Sirpa huusi kuin hirviön nähneenä.

Oliko hän sekoamassa? Mistä tuo ilmestyi? Mirko piti hetken Sirpaa sylissään ennen kuin laski tämän vapaaksi. He katsoivat toisiaan.

- Olenko minä noin kamala? Mirko kysyi muka loukkaantuneena.

Sirpa ei saanut sanaa suustaan. Hän sulki silmänsä ja avasi ne uudelleen. Tuossa mies edelleen seisoi, hymykuopat valloittavasti poskissaan ja nauroi hänelle. Tässä täytyy nyt olla jotain hämärää, Sirpa ajatteli ja mietti, mahtoiko se olla tällaista kun järki jätti poloisen sielun.

- Mennäänpäs sisälle, näytät jotenkin järkyttyneeltä, Mirko saattoi heidät sisään.

Korista kuului vingahdus. Sirpa muisti koiranpennun. Hän laski pennun korista lattialle.

Mistä tuo sitten tuli, jos se ei olekaan Mirko... Sirpa punastui. Miten hän oli voinut ajatellakaan, että... Olen aivan yhtä hölmö kuin Meri. Olen kuunnellut Merin satuja niin kauan, että alan itsekin seota. Miten edes saatoin kuvitella, että tuo koiranpentu olisi muka Mirko.

- Olet näköjään tutustunut jo pentuun, Mirko sanoi ja otti koiran syliinsä. - Halusimme Merin kanssa ilahduttaa sinua, kun olit niin kovin surullinen Leevin kuoleman johdosta.

- Niinpä tietenkin, Sirpa totesi. - Arvasin sen.

- Minne muuten olit menossa niin vauhdikkaasti äsken? Mirko katsoi Sirpaan.

- Minä olin, tuota, menossa, Sirpa sopersi ja sotkeutui sanoissaan yhä enemmän. - Minä olin menossa kauppaan, juu, kauppaan, ostamaan maitoa koiralle.

Eihän Sirpa voisi tunnustaa Mirkolle olleensa lähdössä viemään koiraa noidan luo, jotta tämä muuttaisi pennun takaisin Mirkoksi. Mirko katsoi Sirpaa tutkivasti, mutta näytti hyväksyvän vastauksen.

- Ei pennulle anneta maitoa, Mirko sanoi moittivasti. - Minulla on tarkat hoito-ohjeet kasvattajalta. Katsotaan niitä kohta yhdessä. Me haimme tämän pennun tänä aamuna Kennelistä. Se on hieno rotukoira. Meidän mielestämme se näytti paljon Leeviltä, eikö sinustakin?

Sirpa katsoi pentua tarkasti.

- No enpä tiedä, eipä niissä ole paljonkaan yhteistä, Sirpa sanoi lyhyen tutkimisen jälkeen.

Mirko vilkaisi Sirpaa kummissaan, mutta ei sanonut mitään. Hän laski pennun lattialle ja se käpertyi kerälle matolle ja nukahti heti. Mirko ja Sirpa katsoivat koiraa hymyillen. Se oli hellyttävä olento.

- Ja sitten, Mirko aloitti, - voisimme alkaa puhua meistä kahdesta.

Mirko veti Sirpan lähelleen ja Sirpan oli vaikea vastustella tummien silmien vetovoimaa.

- Niin mitä meistä sitten, Sirpa sanoi ja tavoitteli välinpitämätöntä sävyä ääneensä siinä kuitenkaan onnistumatta.

- Ethän sinä Sirpa ole mihinkään lähdössä? Ethän?

- Kyllä minä aion...

- Aiotko sinä jättää minut tänne yksin? Yksin kylmään maailmaan, kaikkien näiden kurjien vuosien jälkeen?

- Kuules nyt, onhan sinulla Meri.

- Niin, onhan minulla kallisarvoinen sisar, joka tekee kaikkensa minun puolestani. Se on kieltämättä hyvä asia, Mirko sanoi eikä äänessä ollut hiukkaakaan ivallisuutta. - Luulenpa vain, että Meri lähtee kohta pois. Hänellä on suunnitelmissa hakea Taidekouluun ja ensi syksynä olen yksin.

- Kai noin komea poika aina seuralaisen löytää tältäkin kylältä, Sirpalta lipsahti.

Ei hänen noin pitänyt sanoa. Nyt Mirko ajattelisi, että Sirpan mielestä Mirko oli komea, niin kuin Sirpa tietenkin ajattelikin, mutta ei sitä olisi tarvinnut miehelle julki tuoda.

Mirkoa hymyilytti. Kunpa mies ei hymyilisi koko ajan, Sirpa ajatteli ahdistuneena. Hän näytti kerta kaikkiaan niin ihanalta hymyillessään. Minun on vaikea pysyä asiassa, jos hän hymyilee alituiseen.

- Olen siis päättänyt muuttaa takaisin kaupunkiin ja luopua talosta, Sirpa sanoi eikä uskaltanut katsoa Mirkoa silmiin.

Sirpa tuijotti vuoronperään seinää ja lattialla makaavaa koiraa.

Mirko tarttui hellästi Sirpan leukaan ja pakotti tämän katsomaan silmiinsä. Hän toi kasvonsa aivan Sirpan kasvojen eteen. Heidän huulensa melkein koskettivat toisiaan ja Sirpa näki tummien silmien kuvajaisessa oman onnellisen tulevaisuutensa.

- Emme me tule Leevin kanssa toimeen ilman sinua, Sirpa, Mirko sanoi pehmeästi ja Sirpa oli myyty.

Hän kaipasi miehen turvallisille käsivarsille niin kovasti, että melkein teki kipeää. Kun heidän huulensa ensimmäisen kerran kohtasivat, kaikki epäilys haihtui Sirpan mielestä. Hän oli löytänyt toisen puoliskonsa. Nyt hän oli kotona.

16

Kevätaurinko pilkotti itsepintaisesti verhojen välistä ja häiritsi Sirpan työskentelyä. Hän naputti tietokoneella uutta käännöstyötään ja ikkunasta paistava aurinko sai hänet siristelemään silmiään. Hän päätti pitää tauon ja keittää kupin kahvia.

Sirpa kaatoi veden keittimeen. Vanhan suodatinpussin hän heitti roskiin. Tai olisi heittänyt, jos sellainen olisi ollut. Roskis oli nimittäin kadonnut. Kun hän katsoi tarkemmin keittiön lattialle, Sirpa huomasi siellä täällä makkarapapereita, kannikoita, appelsiininkuoria, ym. roskaa. Ne oli levitelty tasaisesti pitkin lattioita.

- Leevi! Missä sinä lurjus olet? Sirpa karjui.

Olohuoneen nurkasta laahusti esiin nappisilmäinen musta koiranuorukainen häpeissään, häntää heilutellen Sirpan luo. Puolivuotias koira oli jo valtava, se muistutti todellakin paljon entistä Leeviä. Mutta vain ulkomuodoltaan. Käytöstavoissa oli parantamisen varaa huimasti.

- Mitä tämä tarkoittaa? Sirpa osoitti lattialla makaavia roskia.

Leevi istui ja antoi tassua. Sitten se kävi selälleen ja heilutteli jalkojaan. Sirpa ei voinut muuta kuin nauraa.

Ulko-ovi kävi ja koira nousi salamana ylös. Mirko tuli sisään posket punaisina ja kaappasi ensimmäiseksi Sirpan syliinsä.

- Minä rakastan sinua, Mirko kuiskasi Sirpan korvaan ja Sirpan polvet löivät loukkua.

Tottuisiko hän koskaan siihen, että hänellä oli omanaan tämä maailman ihanin mies. Joka rakasti häntä noin varauksetta. Otti aina hänet huomioon, huolehti ja antoi kaikkensa. Mitä hän oli tehnyt ansaitakseen kaiken tämän onnen, Sirpa ajatteli.

Kyllikseen suukoteltuaan Mirko ja Sirpa istuivat keittiöön. Sirpa kanteli Leevistä ja Mirkoa nauratti.

- Kyllä se siitä kohta rauhoittuu, kunhan kasvaa. Se on vasta pentu.

- Äiti soitti tänään, Sirpa sanoi Mirkolle. - He tulevat viikonloppuna käymään.

- Sehän mukavaa, lämmitetään sauna, voidaan istua ulkonakin, jos on hyvä ilma. Grillataan. Nyt on ollut lämmin toukokuu.

Sirpa oli mielissään. Äiti oli ollut kuin sulaa vahaa, kun hän oli tavannut Mirkon ensimmäistä kertaa. Sirpan kertoessa, että hän alkaisi asua yhdessä miehen kanssa, äiti oli ollut ensin kauhuissaan.

- Mikä se sellainen mies on? Tyhjästäkö hän on sinne lentänyt? Entä Mika?

Isä ja äiti olivat tulleet käymään heti seuraavana päivänä. Mirko oli ollut heitä vastassa ja äiti oli ollut hänen lumoissaan ensi hetkestä lähtien. Isäkin tuli toimeen Mirkon kanssa eikä Mikasta puhuttu enää sen koommin. Sirpan vanhemmat kävivät kylässäkin nyt paljon useammin kuin ennen. Ei Sirpa siitä loukkaantunut. Asiat olivat nyt paremmin. Äitikin oli jollain tapaa pehmentynyt.

- Minä muuten kerroin äidille, Sirpa sanoi Mirkolle.

- Ai kerroit? Mirko sanoi. - Mitä hän sanoi?

- Voit vain kuvitella. Minulla oli täysi työ estää häntä ryntäämästä tänne sillä sekunnilla. Varmaan ensimmäiset kymmenen minuuttia hän vain vollotti puhelimessa kuin ääliö.

- Onhan se suuri asia, kun ensimmäinen lapsenlapsi ilmoittaa tulostaan, Mirko sanoi ja antoi taas suukon Sirpalle.

- Luultavasti heillä on viikonloppuna tänne tullessaan peräkärryllinen tavaraa lapselle, Sirpa sanoi äitinsä tuntien. - Sinun vanhempasi ovat paljon järkevämpiä.

- Minun vanhempani ovat joutuneet kokemaan paljon tuskaa. Tällainen ilouutinen sai heidät kyllä pois tolaltaan. He ovat

160

todella onnellisia meidän puolestamme. Meri myös. Hän haluaa olla ehdottomasti kummitäti.

- Tietenkin Meri on kummitäti, Sirpa sanoi. - Hyvä, että Meri pääsi sinne Taidekouluun. Surullista tietenkin, että hän jättää meidät sitten syksyllä. Onneksi hän ei muuta hirveän kauas, pääsemme viikonloppuisin ja lomilla ainakin tapaamaan toisiamme. Ja onhan tässä vielä koko kesä aikaa. Ensimmäinen kesä talossamme, Sirpa innostui.

- Pitää varmaan tehdä hiukan remonttia, Mirko sanoi, - että tarkenemme lapsen kanssa ensi talvena.

- Minä voin istuttaa siemeniä maahan, porkkanoita ja sellaisia, Sirpa keksi.

Mikä määrä ideoita pulppusikaan heidän mielestään, yläkertaan voisi tehdä huoneen, jos vuokraisäntä antaisi rakentaa. Lämmin vesi, sisävessa, poreamme, he nauroivat tälle kaikelle. Mikä mahtava tulevaisuus heillä olikaan edessään.

Mirko lähti takaisin pihahommiin ja Sirpa jatkoi työtään, vaikka mieluummin hän olisi kultansa kanssa pilkkonut pihalla halkoja. Hän huiskutti miehelle ikkunasta ja yritti keskittyä aiheeseen.

Puhelimen soiminen pelasti hänet kuitenkin työhön ryhtymiseltä. Siellä oli Piia.

- Mitä nuori äiti touhuaa, Piia kiusasi. - Joko neulot nuttua vauvalle?

Piia oli ensimmäinen ihminen, jolle Sirpa oli kertonut olevansa raskaana. Tämä oli vilpittömän iloinen kaikesta tapahtuneesta. Piia oli Mirkon tavattuaan onnitellut Sirpaa onnistuneesta valinnasta ja suunnitellut itsekin tulevansa kylälle miehenmetsästykseen vielä uudemman kerran.

- Kyllä minä sen maajussin vielä nappaan, oli Piia uhonnut.

Sirpa oli iloinen, että hänellä oli ystävänsä, jolle puhua asioistaan. Ihan kaikkea ei Mirkollekaan voinut kertoa, miehet eivät ymmärtäneet naisten juttuja.

- Nyt minun on ihan pakko kertoa yksi juoru, Piia sanoi salaperäisesti.

- Anna tulla vaan. Mitä mehevää kaupungilla on tapahtunut?

Sirpaa kiinnosti Piian uutiset, vaikka hänellä ei juuri tuttavia kaupungissa ollut. Ystävät olivat jääneet Mikan myötä. Eikä se haitannut yhtään, eivät ne oikeita ystäviä koskaan olleetkaan.

- Mika ja Karla ovat eronneet, Piia hihkaisi.

- Ai. Sepä outoa. Eihän komeista häistäkään ole edes puolta vuotta, Sirpa totesi Piialle.

Häissä oli ollut yli kolmesataa kutsuvierasta. Karlan isän yrityksen yhteistyökumppaneita oli ollut paikalla kotimaasta ja ulkomailta. Häät olivat yksi suuri markkinointitemppu, myynninedistämistilaisuus. Sirpalle ei ollut tullut kutsua. Eikä tietenkään hän olisi edes harkinnut sinne menemistä.

- Aivan. Juoru kertoo, että Karla olisi yllättänyt Mikan housut kintuissa jonkun pimun kanssa. Mikahan asui Moskovassa ja Karla jäi Helsinkiin. Karla oli kuitenkin päättänyt yllättää iloisesti rakkaansa ja pölähtänyt paikalle jokseenkin hankalaan aikaan, Piian äänestä kuulsi häpeämätön vahingonilo.

Sirpaa puistatti. Se pimu olisi voinut olla hän itse.

- No huh huh, Sirpa ei voinut kommentoida asiaa oikein muuten.

- Eikä tässä vielä kaikki, Piia jatkoi. - Mika sai potkut ja on nyt työtön työnhakija. Arvaa vaan, onko helppoa saada töitä tuollaisen skandaalin jälkeen. Olen varma, että Karlan isä pitää huolen, ettei Mikaa oteta töihin ainakaan hänen yhteis-työkumppaneidensa yrityksiin.

Ohikiitävän hetken Sirpa tunsi sääliä Mikaa kohtaan. Toisaalta, Mikan tuntien tämä kyllä putoaisi jaloilleen niin kuin kissa. Ei sellainen pyrkyri jäisi koskaan tyhjän päälle.

- Kaikkea hyvää Mikalle, sanoi Sirpa ja oikeastaan toivoikin sitä.

Hänellä itsellään oli nyt kaikki hyvin. Hänellä ei ollut mitään syytä toivoa kenellekään toiselle mitään muuta paitsi saman-laista onnea. Hän ei tällä hetkellä tuntenut Mikaa kohtaan mitään, ei vihaa, ei surua, ei kateutta, ei rakkautta. Mies ei herättänyt hänessä minkäänlaista tunnetta. Mikä helpotus.

- Milloin tulet Piia käymään? Sinun täytyy tulla ennen kuin lapsi syntyy. Saadaan olla kahdestaan vielä hetki. Leevikin on kasvanut ihan kamalasti. Se levitteli tänään roskiksen ja eilen varasti pöydältä Aura-juustoni, se liero.

Piia nauroi.

- Leevi ei todellakaan muistuta lainkaan edeltäjäänsä, Leevi-koiraa. Ehkä sekin vielä oppii tavoille, odota vaan.

Sirpa hyvästeli Piian ja hymyili lopettaessaan puhelun. Piian kanssa jutellessa tuli aina hyvä olo. Ehkäpä työtkin maistuisivat nyt virkistävän keskustelutuokion jälkeen. Sirpa istahti tuoliin, mutta ovi kävi taas. Hän kääntyi ja yllättyi jälleen iloisesti.

- Hildur, hei, tule peremmälle.

Vanha nainen hymyili ja köpötteli istumaan. Ängeslevän Hildurista ja Sirpasta oli tullut hyvät ystävät.

Sirpa oli mennyt sen kauhean mökkitapauksen jälkeen kiittämään noitaa siitä, että tämä oli hoitanut Sirpan takaisin elävien kirjoihin. Yllätyksekseen Sirpa oli todennut mummon olevan virkeä ja lämmin ihminen. He olivat jääneet keskustelemaan pitemmäksi aikaa ja Sirpa oli saanut uskomattoman määrän viisauden sanoja tältä vanhalta naiselta. Sirpa oli muuttunut tasapainoisemmaksi ja levollisemmaksi ihmiseksi kaiken kaikkiaan. He olivat siitä lähtien tavanneet säännöllisesti ja Sirpa sai kiittää naista ainakin siitä, ettei ollut koko talvena sairastanut kertaakaan.

Hildur oli myös ensimmäinen, joka oli huomannut Sirpan olevan raskaana. He olivat olleet Hildurin kotona juomassa yrttiteetä, kun vanha nainen oli äkkiä katsonut Sirpaa tarkasti.

- Onneksi olkoon, ihana asia on tapahtunut. Olette varmasti asiasta iloisia Mirkon kanssa?

Sirpa oli ollut hämmentynyt. Mistä nainen puhui? Koirastako?

- Niin, Leevi on kyllä ihana koira, Sirpa sanoi ja ihmetteli naisen kiinnostusta heidän lemmikkiinsä.

- Ei. Minä tarkoitan lasta.

Sirpa oli punastunut korvannipukkaansa myöten. Lasta?

164

- Lasta? Sirpa sanoi epävarmasti.

- Niin, vauvaa. Sinähän olet raskaana, eikö niin.

Sirpa oli mykistynyt. Oliko hän raskaana? Ei hän ollut ajatellut asiaa. Mirkon kanssa he olivat puhuneet, että lapsi sai tulla, jos on tullakseen. Sen enempää ei asiasta oltu keskusteltu.

- Sinä et siis tiedä sitä vielä, Hildur Ängeslevä oli jatkanut ja näyttänyt taas oikealta noidalta oveline ilmeineen.

- En, en ole ajatellut, Sirpa oli sammaltanut.

Hän oli ollut onnellinen ja epäuskoinen, peloissaan ja innostunut, kerta kaikkiaan aivan sekaisin. Hän oli ymmärtänyt nyt, mikä häntä oli viime ajat vaivannut.

- Näin asiat kuitenkin ovat, Hildur oli halannut Sirpaa lämpimästi. - Onnittele Mirkoa minunkin puolestani. Ja nyt alamme hoitaa sinua. Tulevan äidin ei sovi juoda tätä teetä. Minäpä haudutan sinulle odottavan äidin erikoisen sekoituksen. Pääset väsymyksestä ja pahoinvoinnista.

Sirpa oli istunut Hildurin hemmoteltavana vielä tovin, ennen kuin riensi kertomaan uutista Mirkolle. Siitä oli jo monta kuukautta.

Nyt Hildur oli tuonut hänelle marjahilloa. Hildurin hillot eivät olleet mitään tavallisia mansikka- ja mustikkasoseita. Niissä oli aina jotain merkillisiä ainesosia, jotka vaikuttivat mikä mitenkin. Tämä hillo auttaisi suonenvetoon, joka oli alkanut vaivata Sirpaa mahan kasvaessa.

- Laitat tätä pullan päälle kaksi teelusikallista aamuin illoin, niin siun ei tarvitse enää kärsiä mokomasta vaivasta, Hildur sanoi.

Sirpa laittoi hillon jääkaappiin ja päätti ottaa hilloa heti samana iltana. Hänen ei ollut tarvinnut vielä kertaakaan pettyä Hildurin rohtoihin. Miten hän oli joskus saattanutkaan epäillä naisen tarkoitusperiä. Kultaisempaa ja hyväntahtoisempaa ihmistä saa etsiä.

Hildurin lähdettyä Sirpa palasi hyvillä mielin työn pariin. Hänellä ei olisi mitään hätää niin kauan kuin Hildur huolehtisi hänen terveydestään - ja lapsen terveydestä.

Seuraava päivä valkeni aurinkoisena ja lämpimänä. Koivut vihersivät aavistuksen ja muuttolintuja oli tullut jo paljon lähipuihin pesimään. Mirko oli naputellut puihin pesäpönttöjä sirkuttajille. Melkoinen liverrys kävi pihapiirissä. Se kuulosti ihanalta, se oli lupaus tulevasta kesästä, onnen kesästä.

Mirko ja Sirpa lähtivät kävelylle Leevin kanssa. Nuori koira oli innoissaan luonnon heräämisestä. Se haisteli pensaita ja jahtasi variksia. He kävelivät metsätietä pitkin nyt ensimmäistä kertaa talven jälkeen. Sirpa oli hiljainen.
- Etkö halua, että mennään mökille saakka? Mirko kysyi.
- Mennään vaan, Sirpa vastasi hiljaa.

Hän ei tiennyt, miltä tuntuisi nähdä Leevin hauta ja mökki nyt, kun kaikki oli hyvin. Se saattaisi tuntua hyvältä. Hän voisi jättää kaikki painajaiset taakseen lopullisesti.

Mökki näytti kutsuvalta keväisen luonnon keskellä. Sirpalle ei tullut paha olo, eikä hän tullut surulliseksi. Päinvastoin, olo oli levollinen ja tyyni. Leevin hautapaikka löytyi helposti. Kummun päälle oli kasvanut kevään ensimmäiset valkovuokot. Paikka oli tosiaan kaunis. Kun koivuun tulisi vielä lehdet, olisi maisema vertaansa vailla.

Mirko levitti takkinsa maahan ja pyysi Sirpaa istumaan.
- Ethän palele? Mirko kysyi.
Aurinko porotti melko kuumasti, oli todella lämmintä vuodenaikaan nähden.
- Ei, tässä on ihana istua, Sirpa sanoi ja tarkoitti joka sanaa.

Hän olisi voinut jäädä tähän paikkaan ikuisiksi ajoiksi. Leevi juoksenteli kuin villi vasikka ympäri ketoa. Se nautti luonnosta joka solullaan. Välillä se juoksi heidän luokseen vain rynnätäkseen kohta uudelleen metsään.

- Sirpa, Mirko kuljetti sormiaan Sirpan kullankeltaisten hiusten lomassa.
- Niin, Sirpa katsoi Mirkoa.

Voisiko enää rakastuneempi olla kuin hän oli tähän mieheen. Hän nojasi miehen vahvaan olkapäähän. Mikään uhka ei ollut mahdollinen niin kauan kuin hän oli Mirkon kanssa.
- Meille tulee yhteinen lapsi, olemme pari, eikö niin?
Sirpa vilkaisi Mirkoa. Mitä kumman puhetta tuo nyt on?
- Tietenkin.
Epäilys käväisi Sirpan mielessä. Miksi mies kyseli tuollaisia.

- Haluaisin olla sinun kanssasi koko loppuelämäni.
-   Ilman muuta, Sirpa rypisti otsaansa.
Ei kai mies ollut lähdössä johonkin, Sirpa huolestui.

- Tuletko vaimokseni, Sirpa?

Sirpa katsoi Mirkon silmiin ja tiesi, että he vanhenisivat yh-
dessä ja eläisivät täyden elämän.
- Kyllä, tulen vaimoksesi, Mirko.